... apenas para descobrirem que...
Eba, pingue-pongue e diversão!
... e agora...
Eu tenho que trazer equilíbrio para a Força.
... não, isso não.

4 CONTRA O APOCALIPSE

OS ÚLTIMOS JOVENS DA TERRA
A MARCHA DOS ZUMBIS

MAX BRALLIER & DOUGLAS HOLGATE

tradução: Cassius Medauar

COPYRIGHT © 2015 BY MAX BRALLIER

ILLUSTRATIONS COPYRIGHT © 2015 BY DOUGLAS HOLGATE

PENGUIN SUPPORTS COPYRIGHT. COPYRIGHT FUELS CREATIVITY, ENCOURAGES DIVERSE VOICES, PROMOTES FREE SPEECH, AND CREATES A VIBRANT CULTURE. THANK YOU FOR BUYING AN AUTHORIZED EDITION OF THIS BOOK AND FOR COMPLYING WITH COPYRIGHT LAWS BY NOT REPRODUCING, SCANNING, OR DISTRIBUTING ANY PART OF IT IN ANY FORM WITHOUT PERMISSION. YOU ARE SUPPORTING WRITERS AND ALLOWING PENGUIN TO CONTINUE TO PUBLISH BOOKS FOR EVERY READER.

COPYRIGHT © FARO EDITORIAL, 2020

Todos os direitos reservados.
Nenhuma parte deste livro pode ser reproduzida sob quaisquer meios existentes sem autorização por escrito do editor.

Milkshakespeare é um selo da Faro Editorial.

Diretor editorial **PEDRO ALMEIDA**

Coordenação editorial **CARLA SACRATO**

Preparação e revisão **MONIQUE D'ORAZIO**

Capa e design **JIM HOOVER**

Adaptação de projeto gráfico **OSMANE GARCIA FILHO**

Dados Internacionais de Catalogação na Publicação (CIP)
Angélica Ilacqua CRB-8/7057

Brallier, Max
 Os últimos jovens da terra: a marcha dos zumbis /
Max Brallier; ilustrações de Douglas Holgate; tradução de
Cassius Medauar. — São Paulo: Faro Editorial, 2019.
 304 p.: il.

 ISBN 978-85-9581-103-4

 1. Literatura infantojuvenil 2. Livros ilustrados I. Título
II. Holgate, Douglas III. Medauar, Cassius

19-2618	CDD 028.5

Índice para catálogo sistemático:
1. Literatura infantojuvenil

1ª edição brasileira: 2020
Direitos de edição em língua portuguesa, para o Brasil, adquiridos por FARO EDITORIAL

Avenida Andrômeda, 885 – Sala 310
Alphaville – Barueri – SP – Brasil
CEP: 06473-000
www.faroeditorial.com.br

Para Ruby. Se o mundo desmoronar e os monstros vierem, você seria uma parceira incrível nessa aventura.

—M. B.

Para os meus pais: não só por apoiarem, amarem e me encorajarem em cada etapa, mas também por terem me deixando regularmente nos vizinhos do lado que, sem o seu conhecimento, me deixaram ver praticamente todos os filmes de terror disponíveis na locadora quando eu tinha oito anos.

—D. H.

capítulo um

Certo, então... estamos prestes a ser comidos. Devorados. Engolidos inteiros. Ou talvez engolidos em pedaços. Sério mesmo, inteiros ou em pedaços? E isso importa? O que interessa é: SEREMOS COMIDOS.

Porque, tipo, está vendo a fera do tamanho de um trem bem atrás de nós?

    Não é um trem. É um verme enorme monstruoso. O Vermonstro.

    Agora, *por que* estamos fugindo de um verme enorme monstruoso?

    É uma ótima pergunta.

    E com uma resposta bem besta. Estamos em uma...

Veja bem, mais ou menos um mês atrás, derrotei uma fera enorme e malvada chamada Blarg. Então fiquei, tipo: "Somos heróis! Heróis de ação pós-apocalípticos. E heróis de ação pós-apocalípticos *precisam* de missões!".

Basicamente, somos a versão moderna dos velhos e bons cavaleiros do Rei Arthur. E os velhos e bons cavaleiros do Rei Arthur estavam sempre em missões para todos os lados. E foi aí que Quint Baker, meu melhor amigo, declarou:

— Deveríamos montar um bestiário, meu amigo!

E o que é um bestiário, você quer saber?

Também é uma ótima pergunta. Eu questionei a mesma coisa ao Quint. Ele olhou para mim como se eu estivesse com morte cerebral, pegou o dicionário e leu:

— "Um compêndio ilustrativo e enciclopédico detalhando uma infinidade de criaturas míticas."

— Parece uma maneira elegante de dizer que é um caderninho de monstros — eu respondi.

— Mas bem melhor! — Quint retrucou. — Um "caderno" implica em escola e estudo. Já um "bestiário" implica em BESTAS e FERAS. Um livro cheio de páginas amarelas e amarrotadas que cheiram à história antiga.

Eu definitivamente gostei daquilo então disse...

Topo TOTALMENTE fazermos um bestiário!

E agora estamos criando um bestiário *completo* de *cada uma das criaturas estranhas* que chegaram à cidade de Wakefield depois que o Apocalipse dos Monstros começou, no verão passado. Você precisa de duas coisas para criar um verbete de bestiário...

Um: uma foto. Esse é o meu trabalho. Você *sabe* que esse é o meu trabalho, porque sou Jack Sullivan, fotógrafo de monstros *extraordinário*.

Dois: você precisa de INFORMAÇÕES. Tipo coisas sobre o monstro... pontos fortes, fraquezas, onde ele fica, o que come, quais são seus hobbies, se ele fede, e blá, blá blá.

Agora, também entendo que, em termos de grandes missões heroicas de todos os tempos, "escrever um livro" não está exatamente no mesmo nível de um Frodo, em O Senhor dos Anéis, carregando o anel para a Montanha da Perdição, mas tudo bem. Aprendi que, ao chamar *qualquer* tarefa aleatória e antiga de missão, você pode tornar a vida MUITO mais divertida.

Por exemplo...

Separadamente, a missão de nosso amigo Dirk é construir uma horta. Isso não é uma piada. Dirk aparentemente adora tomates frescos. Ele diz que não pode manter sua massa enorme sobrevivendo apenas de salgadinho e chocolate. O que é uma BALELA, já que tenho certeza de que essas comidas estão dentro dos principais grupos alimentares.

Dirk faz parte da minha equipe de luta contra monstros. Ele era um valentão aterrorizante antes do fim do mundo, mas agora é um homem aterrorizante detonador de monstros... e com um lado suave, como você pode ver pela missão de fazer uma horta.

Dirk nos disse que, se tivesse tomates, provavelmente poderia fazer algumas pizzas caseiras no fogo. E eu não como pizza, verdadeira *ou* improvisada, há meses.

June Del Toro (que é tipo minha garota favorita no mundo) concordou com o Dirk sobre isso, pois estava morrendo de vontade de comer algo que não fosse besteira. Se você me perguntasse, eu diria que eles são loucos.

Enfim, essas missões épicas são a razão de Quint, June, Dirk e eu estarmos agora aqui no Shopping Circular Um. São a razão de estarmos correndo pelo corredor principal do shopping. E são a razão de estarmos sendo perseguidos pelo Vermonstro. E ainda são a razão...

CA-CA-CRASSSSH!!!

Giro o pescoço, e meus pés continuam martelando o chão. Ah, maldição, ele está nos alcançando.

Meu coração bate forte contra minha caixa torácica quando corro virando no corredor, passando por uma chiquérrima loja de chocolates, uma loja de bichinhos de pelúcia e ainda uma deliciosa loja de biscoitos.

De repente...

TAP! TAP! TAP! TAP!

Passos atrás de mim. Até onde eu sei, os vermes, e até mesmo os *vermes monstruosos*, não têm pés.

Viro a cabeça. Estou muito aliviado e extremamente irritado de ver que é o Quint.

— Quint! — rosno para ele. — Falei pra nos separarmos! Por que você não se separou?!

— Mas eu me separei! — ele responde. — Quando me separo, sempre vou para esquerda. É indo para a esquerda que eu me separo.

— Se separar de um grupo não é algo difícil, Quint! — grito. — Cada um vai para um lado diferente! É essa a definição de "vamos nos separar"! Não é como construir um foguete!

— Mas, Jack, eu acho que construir foguetes é bem mais fácil do que compreender esses seus planos tolos de herói de ação!

Eu grito com o Quint, mas ele não me ouve. É difícil ouvir alguma coisa com o barulho do verme deslizando e abrindo caminho no corredor perto da gente.

— Ótimo trabalho, Quint! — eu grito. — Porque agora tem dois de nós aqui e, com isso, o Vermonstro decidiu seguir a gente!

Ouvimos um som de CA-BAM quando o verme se enfia na loja de sapatos. O som de vidro se quebrando, metal se retorcendo e tênis quicando no chão ecoa pelo corredor.

É hora de testar o meu mais novo brinquedinho...

— O BUUMerangue —
(a arma que faz BUUM)

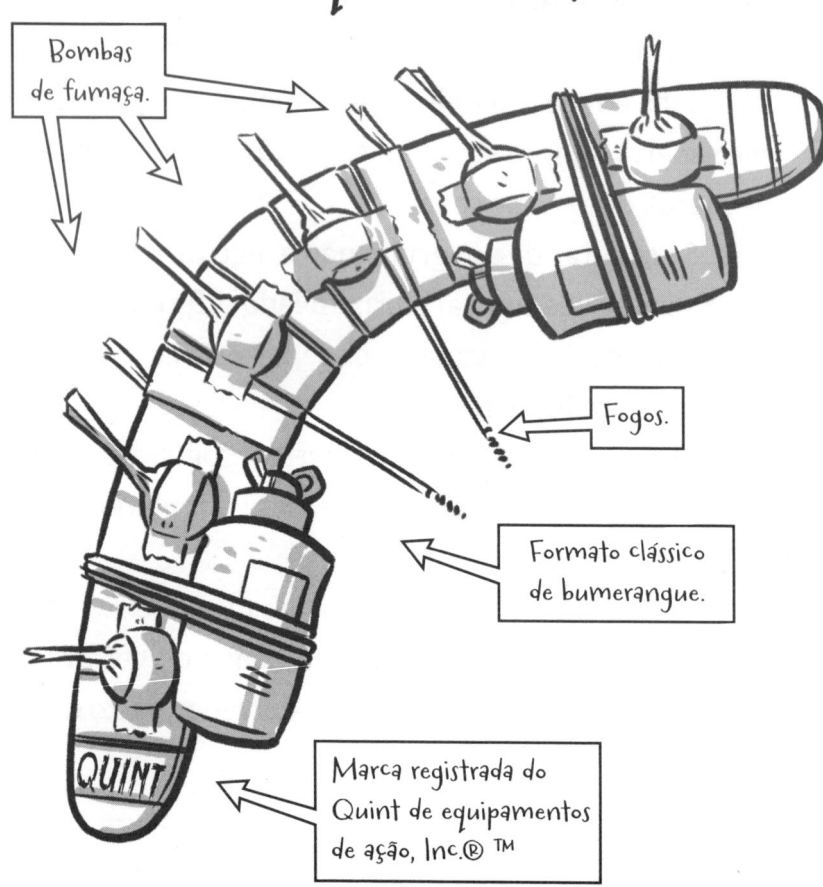

Bombas de fumaça.

Fogos.

Formato clássico de bumerangue.

Marca registrada do Quint de equipamentos de ação, Inc.® ™

É claro que o Quint é o criador desse equipamento. O objetivo dele é "distrair e desorientar" os monstros. Levanto a mão, me preparo para lançar, e...

capítulo dois

O BUUMerangue NÃO volta para mim da maneira que deveria e, você sabe, essa é a única qualidade que realmente faz de um bumerangue um *bumerangue*. Sem a parte do "voltando pra você", estamos apenas jogando um pedaço de madeira curvada, e isso não é muito divertido.

O BUUMerangue não retorna, mas golpeia o Vermonstro bem na cara. Há um grande estouro quando as bombas de fumaça e os fogos de artifício explodem. O monstro sacode para a esquerda, vira de volta para a direita e então...

Aproveito aquela fração de segundo, quando não há mais nada além de vidro e metal no ar e destroços no rosto do verme, para agarrar o Quint e puxá-lo para a loja mais próxima. Rolamos sobre uma mesa de exposição e caímos no chão.

— Fique abaixado! — sussurro.

Um instante depois, o Vermonstro atravessa o corredor, passando pela loja como um foguete de grandes dimensões que ganhou vida.

Recupero o fôlego, me levanto e saio em direção ao corredor. O Vermonstro deixou um rastro de gosma amarela, e o chão agora virou uma meleca escorregadia. Observo o verme colidir com a entrada de uma grande loja de departamentos e desaparecer em uma nuvem de poeira enquanto a parede se desintegra atrás dele.

— Eu não tirei foto! — exclamo.

— FOTO *FAIL* — diz Quint.

Levanto a sobrancelha.

— Não fale assim, Quint. Não combina com você.

— Foi uma falha de proporções fotográficas, amigo.

— Assim ficou melhor — respondo, dando um tapinha nas costas do meu melhor amigo. — E agora, onde estamos?

Olhando em volta, começo a tremer e me emocionar ao perceber que ESTAMOS DENTRO DA GAMESTOP!

— Cara! — exclamo e começo a caminhar pelos corredores. — Não tinha como eu conseguir um lugar melhor para um esconderijo instantâneo, hein?

— Simplesmente perfeito — Quint fala alegremente.

Perto da seção do Nintendo 3DS, vejo algo que quero tanto que faz meu estômago se contrair.

Estou olhando para uma armadura de soldado espacial gigante e em tamanho real do meu jogo favorito: *NIMBUS: Hora da Ação*. Ela é reluzente, praticamente BRILHA.

Há uma grande placa ao lado onde se lê: "Chega neste final de ano! O jogo mais quente de ficção científica com ação em primeira pessoa do mundo que já chegou ao planeta Terra! *NIMBUS: Hora da Ação 14*".

De repente, sinto uma tristeza que é quase um soco na cara. Estou pensando em quantos jogos incríveis estavam sendo projetados quando o Apocalipse dos Monstros aconteceu. E agora eles nunca serão lançados! E eu nunca vou jogá-los!

Dou umas batidas no peitoral. *DONK, DONK, DONK*. É definitivamente de metal, ou de um plástico muito duro.

Quint arregala os olhos.

— Eu estava enganado! — ele exclama. — Este silicone-plástico-Wonderflex é o material mais usado em promoções de videogame!

— Vou levar comigo com certeza — digo. — Eu serei como um soldado herói espacial! Vou enfiar alguns foguetes de garrafa aqui na laterais... assim, qualquer monstro que se aproximar... *VA-SHOOM!* Engula esses foguetes!

Quint sorri.

— Devo concordar. É bastante impressionante.

— Agora — continuo —, onde está o nosso transporte?

Um momento depois...

Depois de umas vinte tentativas desajeitadas, Quint e eu conseguimos dar um jeito de colocar a Super Armadura de Soldado Especial na sela do Rover, que é o meu cachorro monstro e consegue transportar qualquer coisa. Embalo alguns jogos de PS4 para a viagem e saio para o corredor pegajoso e escorregadio.

— Está bem — eu falo —, vamos encontrar June e Dirk.

capítulo três

Seguimos pelo andar superior do shopping, examinando também o corredor abaixo. Vejo todo tipo de quiosques vendendo camisetas, capinhas de celular sofisticadas e outras coisas que são realmente idiotas, mas que eu bem que gostaria de ter. A maior parte do shopping está uma bagunça, detonado e saqueado por pessoas em pânico quando o Apocalipse dos Monstros começou.

Passando pela Apple Store, eu sinto um cheiro de alguma coisa. Um odor estranho e doce pairando no ar.

Então vejo um flash de movimento abaixo de nós. Uma figura, esgueirando-se em um canto do corredor, passando pela Gap. Uma figura quase humana...

Ver aquilo, algo *quase-mas-não-exatamente-humano*, faz um calafrio de terror subir pela minha espinha. Meu coração começa a palpitar.

Talvez fosse apenas uma invenção da minha imaginação...?

Só que não.

Meus olhos podem pregar peças em mim, mas não o meu nariz. E o odor estranho e doce está ficando mais forte.

Mas não é o odor do mal. Não é o mau cheiro que o malvado Blarg tinha. Não é o mesmo fedor que as Bestas, os Monstros Alados ou os outros monstros de Wakefield emanam. Aqueles *sim* eram os cheiros do mal.

Mas este?

Falando sério? Cheira a um baile do ensino médio. Cheira a, agora percebo, colônia barata.

— Quint, você viu aquilo? — eu sussurro.

Ele faz que sim com a cabeça. Uma enorme porção de medo apareceu em seu rosto. Medo com um punhado de curiosidade. Puxo minha arma, o Fatiador.

Faz um mês que resgatamos a June (meio que resgatamos) e ainda não vimos nem mais uma única pessoa. Nem crianças, nem adultos, nem ninguém. Apenas zumbis e monstros até o talo. E, recentemente, até os zumbis parecem estar surgindo cada vez menos. Aliás, é como se eles estivessem desaparecendo.

Quer dizer, estamos no shopping há mais de uma hora e não vimos *um zumbi*. E se você é um especialista em zumbis como eu, sabe que deveria haver zumbis espalhados por todo o shopping. Já viu um filme de zumbi? Jogou um game de zumbi? Eles estão SEMPRE no shopping. Eles adoram fazer compras ou algo assim.

Quint acredita que algo está levando os zumbis. Nós não os vimos migrando e também não os vimos simplesmente morrendo. Vou te dizer uma coisa: se algo está pegando os zumbis, eu *não* quero encontrar o que quer que seja esse "algo".

O doce aroma estranho faz minha atenção voltar ao presente.

Eu me ajoelho e coço Rover atrás das orelhas.

— Amigão, você pode arrastar meu traje de soldado espacial de volta para a Big Mama? — digo a ele, apontando na direção do estacionamento onde a Big Mama, nossa caminhonete pós-apocalíptica, está estacionada.

Rover inclina a cabeça e depois rosna em entendimento. Um momento depois, ele está trotando pelo corredor, com meu traje espacial sacudindo e batendo atrás dele.

— Certo, Quint — começo a falar. —Vamos ver o que temos aqui.

Quint me segue quando eu desço a escada rolante até o térreo. Nos escondemos atrás de um quiosque chamado Coisas Fofas, que vende pandas de pelúcia, leitões e furões. Prendendo a respiração, espio pelo canto.

Vejo a silhueta novamente. E se é uma pessoa, é uma pessoa *grande*, que está sacudindo um dos portões de metal que protege a frente da maioria das vitrines.

Quint e eu trocamos olhares aterrorizados e, em seguida, sorrateira e silenciosamente, passamos ao próximo quiosque. Somos como James Bonds ridículos. Você acha que James Bond já teve que se esconder atrás de Velas Personalizadas enquanto seguia um alvo?

A figura estranha para em frente ao Canelon. Finalmente consigo dar uma boa olhada naquela coisa. E o que eu vejo... transforma meu sangue em água gelada.

Viro a cabeça de volta e me abaixo de novo.

— Você viu aquilo?! — pergunto ao Quint, tentando manter minha voz em um sussurro.

Quint faz que sim. Ele não fala nada e está tremendo como uma folha.

— Era como uma pessoa-monstro. Ou um monstro-gente — continuo. Mas antes mesmo de começarmos a processar as implicações malucas disso, um grito agudo ecoa pelo corredor.

É June. Ela vem correndo em nossa direção. Dirk acelera ao lado dela. E atrás deles, colossal e carregado com presas cruéis expostas, rasgando o shopping como um trem que pulou dos trilhos, está o Vermonstro.

Precisamos encontrar um esconderijo. Segurança. Algo para nos proteger dessa fera.

Mas o gigantesco portão de metal que protege a Sears aparece à nossa frente. Todas as lojas ao nosso redor estão fechadas. Muito bem fechadas.

Estamos em um beco sem saída. Presos.

Sem saída.

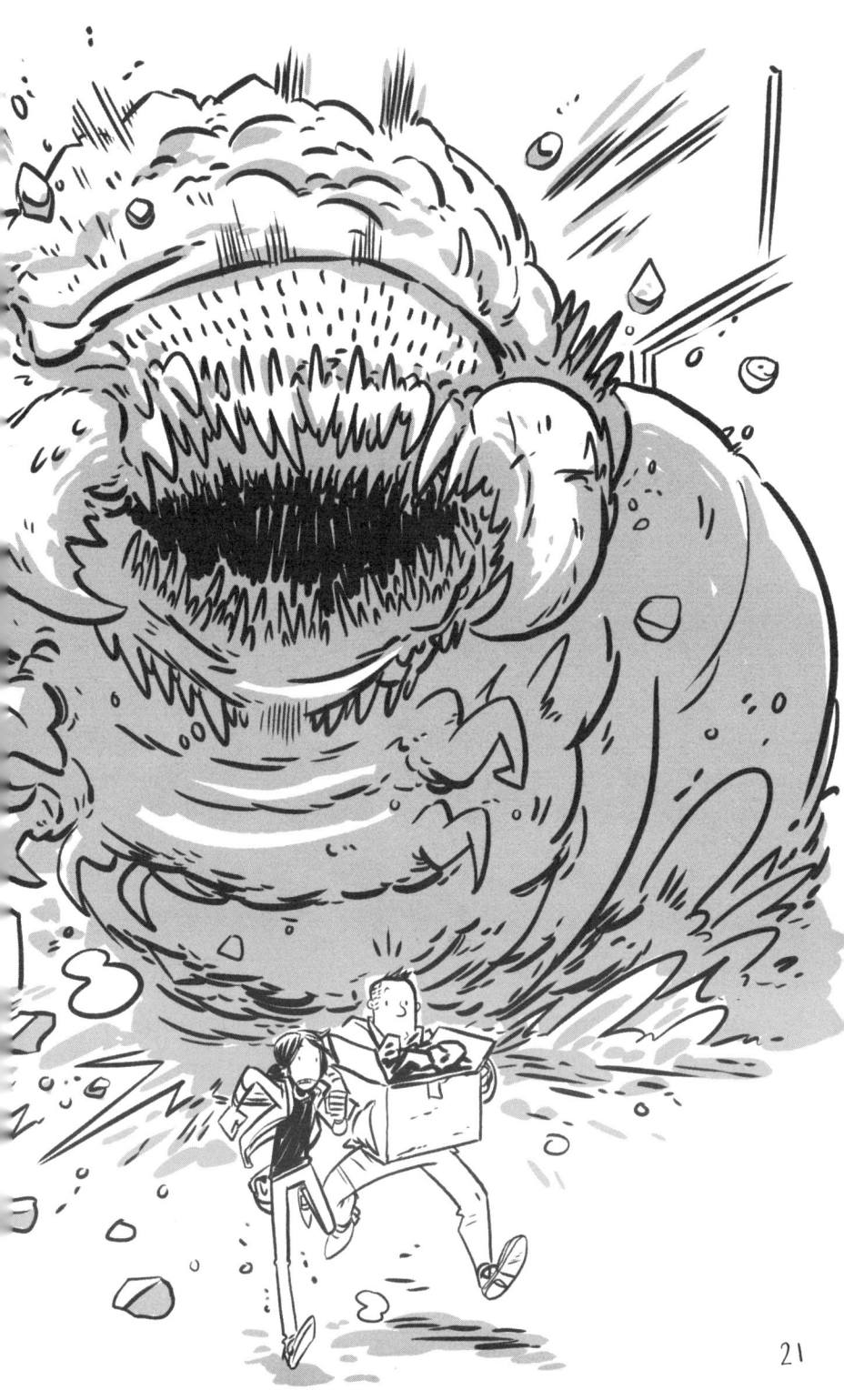

capítulo quatro

Me lembro bem de como me senti um momento antes de derrotar o enorme, malvado, fedorento e vilanesco Blarg: aterrorizado, mas confiante. Amedrontado, mas *vivo*.

É como eu me sinto agora.

Corajoso.

Estupidamente corajoso.

Este é o meu momento.

O momento de Jack Sullivan, Herói de Ação Pós-Apocalíptico.

O Vermonstro estará sobre nós em segundos. Sua forma maciça está avançando, transformando tudo pelo caminho em pó. E *não posso* deixar meus amigos caírem na categoria de "pó". Esse é o meu maior medo. É isso que me mantém acordado à noite (bem, isso e pensamentos sobre a Selena Gomez... Espero que ela esteja segura em algum lugar!).

Vou em direção à besta como uma espécie de samurai ninja Jedi.

— Jack, o que você está fazendo? — June grita.

— June, Dirk, Quint. Venham — eu chamo. — Atrás de mim.

— Vou tentar abrir o portão para a Sears — Dirk exclama. — Se conseguir atrasar ele um pouco, talvez nem todos morramos hoje.

Eu concordo com a cabeça

Se Dirk abrir esse portão, eles poderão se proteger; se não, eles serão esmagados, amassados e detonados. E estarão acabados.

— Jack... — June implora.

— VAI! — eu grito.

Essa sensação de heroísmo samurai ninja Jedi está dominando totalmente a sensação de frio na espinha do medo, então eu aumento o drama mais um pouco.

A June conhece bem as minhas bobagens nerds. Ela sabe que sempre cambaleio e tateio em direção a cada monstro que encontro.

Eu fico vermelho.

— Desculpe. Me empolguei. Pode ir, por favor?

KRAKA-SMASH!

O Vermonstro atravessa o quiosque de capas de celular. As paredes tremem. O vidro dos corrimãos acima cai e se despedaça.

Finalmente June corre em direção à Sears.

Eu estou de pé. O Fatiador na minha mão, como um guerreiro calmo e descolado. Eu não consigo enfrentar essa besta feroz de frente, mas se eu puder fazer alguns movimentos estilosos de luta com sabre de luz, talvez consiga ganhar tempo suficiente para meus amigos...

Rachaduras irregulares se espalham pelo chão como gelo se estilhaçando na superfície de uma lagoa. A boca do Vermonstro se abre, revelando uma língua grande girando na escuridão de seu esôfago.

Eu respiro fundo.

E então, quando o verme monstruoso está quase em cima de mim, tão perto que sinto o cheiro da carne podre em seus dentes, tão perto que consigo ver meu reflexo em seus cem olhos minúsculos, eu *pulo* para o lado. Meus dedos apertam a lâmina e eu a seguro com as duas mãos, os braços estendidos, paralelos ao chão, segurando-a o mais forte que posso, enquanto o verme passa por mim e a lâmina corta sua carne...

O monstro guincha de dor e então sacode seu grosso rabo para mim e...

POW!

Bato na lateral de uma loja e caio contra o portão, depois bato no chão coberto de entulho. Ao levantar a cabeça, vejo Dirk lutando para levantar o pesado portão de metal da Sears. Quint e June ajudam freneticamente.

Mas não está cedendo.

E é tarde demais.

O Vermonstro está sobre eles. A boca do monstro se fechou, e sua cabeça de verme está abaixada, atravessando o chão.

Mas então eu vejo.

O homem-monstro. Ele está correndo em direção aos meus amigos. Quint gira para ele, horrorizado. O monstro homem o derruba, agarra o portão e o levanta.

Essa é a última coisa que vejo.

O rabo do verme me golpeia na cara, sou jogado no chão e tudo escurece.

capítulo cinco

Vagarosamente, começo a piscar e a abrir os olhos. Estou vendo estrelas, pontinhos pretos e até mesmo trevos de quatro folhas: é como se fosse um grande amuleto da sorte.

Pessoal?

Nenhum sinal dos outros. Fico de pé e caminho em direção à Sears. Toda a frente da loja foi destruída.

O portão não parou o Vermonstro.

E meus amigos? Será que os perdi?

Destroços e detritos estão espalhados pelo chão de ladrilhos. Está caindo água do sistema anti-incêndio. Os escombros do teto estão espalhados pela loja.

O que eu vejo em seguida me deixa tonto.

O tênis da June. O tênis de menino que ela usa e que eu gosto tanto. Está despontando debaixo de uma pilha de destroços.

Não.

Não, não e não.

Meus amigos estão enterrados lá embaixo. Uma pilha de escombros do tamanho de um monte de neve.

Começo a cavar e a retirar os escombros, mas é tudo muito grande. Muito pesado. Minhas unhas se quebram enquanto luto para levantar o maciço portão de metal que os cobre.

Minha respiração fica irregular. Sinto meus olhos se encherem de lágrimas.

E eu sinto o cheiro... o cheiro...

Sinto o cheiro daquela colônia pungente.

Eu me viro para vê-lo. Gigantesco e imponente.

O homem-monstro...

O Homem-Monstro

Geralmente rosto humanoide (Nunca vi antes).

Bússolas, engenhocas e coisas bestiais.

Fedor de colônia

Polegares opositores.

Penduricalhos de ossos e crânios (o que não é um bom sinal...)

Não saco o meu Fatiador. Não corro. Só fico lá parado. E então, ainda sem dizer nada, eu me viro e continuo tentando libertar meus amigos. Uma mão quente agarra a parte de trás do meu pescoço. Os dedos do homem-monstro se fecham ao redor do meu colarinho e eu sou levantado no ar. Ele gentilmente me coloca a alguns metros de distância.

O homem-monstro começa a cavar os escombros, cuidadosamente retirando enormes pedaços de teto. Depois remove pedaços dobrados e retorcidos de portão. Com um tremendo puxão, ele tira a peça final. E eu os vejo.

Meus amigos. Vivos.

Um pouco ensanguentados, muito sujos, mas todos estão bem.

O que foi isso?

Um invertebrado não artrópode bem grande.

Quê?

Um verme gigante.

O alívio toma conta de mim.

— Vocês estão bem!

June sorri enquanto se arrasta da pilha de escombros e se levanta.

— E *você* está bem! Por que ficou lá fora e tentou encarar o monstro? Qual é o seu *problema*?

— Eu estava tentando fazer aquela coisa de samurai.

— Chega de fazer coisas de samurai, Jack.

Quint tropeça nos escombros e joga os braços em volta de mim. Meus amigos e eu não somos muito de abraços, mas Quint me aperta e dá um tapa nas minhas costas.

— Eu pensei que estávamos todos acabados! — ele exclama.

Eu sorrio.

— Estamos bem, amigo. Estamos bem.

— Sim, estamos — diz June, acenando para o homem-monstro. — Graças a *ele*.

Dirk concorda com a cabeça e acrescenta:

— Ele deu um soco, arrebentou o portão e nos empurrou para dentro. Aí, recebeu todo o peso do golpe do Vermonstro.

Então, é isso... esse homem-monstro, ele não apenas libertou meus amigos, mas também recebeu o golpe e, com isso, salvou a vida deles. E de certa forma, me salvou também, porque sem meus amigos, eu não sei se conseguiria existir mais.

Essa coisa aterrorizante e de aparência perversa é o nosso salvador. Isso mostra que nunca devemos julgar um monstro pela capa. Ou por seus penduricalhos de ossos.

A criatura de repente fica ofegante e cai sobre um joelho. Vejo que sua perna direita está ferida. Provavelmente se machucou enquanto protegia meus amigos. E tirá-los dos escombros acabou com o resto de energia que tinha.

O homem-monstro se apoia em uma arara de roupas e consegue ficar de pé novamente. E então começa a falar.

> VOCÊS ESTÃO BEM?
>
> TODOS VOCÊS?

As palavras praticamente me derrubam.

— Você... você fala nossa língua? — pergunto gaguejando.

— Falo mais línguas do que você imagina — responde o homem-monstro. Sua voz é um rosnado gutural. Ele repete: — Vocês estão bem?

— Sim — eu falo. — Estamos bem.

— Você é humano? — o homem-monstro pergunta. Ele diz "humano" como se fosse a primeira vez que está pronunciando a palavra.

— Hã, sim — eu digo, dando um passo à frente. — Sou sim. Jack Sullivan é o meu nome. E você, o que é?

— Sua língua não conseguiria formar as palavras — o homem-monstro responde.

— Ah. Bom... e você tem um nome? Um nome que minha, hã, língua manca e inferior *conseguiria* formar?

— Thrull — diz o homem-monstro lentamente.

— Você nos salvou — June fala.

— Resgatou nossas vidas de forma bem adequada — Quint continua.

— Mandou bem, mano monstro — acrescenta Dirk. — Estamos te devendo uma.

Thrull está me olhando de cima a baixo. Seus olhos focam no meu ombro. Não, *acima* do ombro. No Fatiador, na bainha. Ele rapidamente estende a mão e o agarra.

Dou um passo bem nervoso para trás.

O Fatiador parece comicamente pequeno em sua grande mão de monstro. Ele aperta os olhos e levanta a lâmina, examinando-a atentamente.

— Sua arma... — ele começa a falar com a voz um pouco mais suave agora.

— Sim, é minha arma. E eu adoraria que você me devolvesse, mas... hã, sem pressa. Você que manda aqui.

Sua cabeça se inclina levemente para o lado, fazendo com que seus aparatos e instrumentos ao redor do pescoço chacoalhem, fazendo barulho.

— Esta é a lâmina que abateu o Œŗŗūæl, o mal antigo, servo de Ŗeżżőcħ, o Antigo, o Destruidor de Mundos.

— Hã... abateu? — pergunto.

— Isso significa que destruiu — Quint sussurra para mim. — No sentido de matou.

— Aah. Ah, sim! — exclamo. — Sim! Bom, quero dizer, é a minha lâmina. Eu não sei quem ou o que Œŗŗūæl é. Ou a quem ele serve. Você disse Ŗeżżőcħ, o Antigo, o Destruidor de Mundos? Ele não é um vilão da Marvel? Ou é DC?

Os olhos do homem-monstro Thrull se arregalam e ele me olha como se eu fosse tonto.

— Vilão da Marvel?

Tentando *não* parecer tonto, prossigo a conversa.

— Ah sim. Marvel. Hã... Tipo super-heróis e essas coisas. Eles fazem os melhores filmes. Bom, eles faziam, quando os filmes ainda eram feitos, mas isso não é importante. Então, quem é esse Œŗŗūæl? Essa coisa que você acha que eu "abati".

Algo como um sorriso aparece no rosto de Thrull, o monstro-homem. Ele se inclina e faz uma imitação, sacudindo o braço livre como em um golpe.

— Blarg! — June exclama de repente. — Ele tá falando do Blarg!

O Blarg era a fera gigantesca que eu derrotei um mês atrás. Ele era muito assustador e muito malvado, mas agora ele só é muito morto.

— Ah sim, eu o abati — falei, orgulhoso. — Abati ele *total*. Só que a gente não chamava ele de Œŕr̥ūæl̦, o servo de R̥eżżőch, o Antigo, o Destruidor de Mundos, ou o que o quer que você o tenha chamado. Nós chamamos ele de Blarg, pois, bem, era o som que ele fazia ao rugir.

De repente fico muito envergonhado de nossa falta de habilidade em escolher nomes de monstros de forma criativa.

O homem-monstro Thrull dá três passos doloridos para a frente, até se erguer totalmente sobre mim. Receio que, se tentar esticar o pescoço um pouco mais, minha cabeça se soltará do corpo.

Eu engulo em seco.

Será que o Blarg era amigo dele? Nesse caso, ele provavelmente está irritado por eu cravar uma lâmina no cérebro de seu amigo. Deveríamos estar fugindo agora? Sinto que talvez devêssemos estar fugindo...

Mas a ação seguinte do homem-monstro Thrull faz meu queixo cair...

— É preciso um grande herói para derrotar uma criatura do tempo antes do tempo — declara Thrull, começando a se levantar. — Para derrotar um servo de Ṛeżżőcħ, o Antigo, o Destruidor de Mundos.

Timidamente estendo a mão e pego o bastão dele.

— Hã, bom, obrigado — digo, deslizando o Fatiador de volta na bainha. — Mas não fui só eu. Eu tive ajuda de meus amigos. Este é o Quint.

Quint estende a mão.

— Prazer em conhecê-lo.

— E June e Dirk — continuo.

Ambos acenam sem jeito.

— Então, o que você está fazendo aqui? — pergunto.

— Aqui? Agora? Eu só estou tentando sobreviver, mas na minha dimensão? Lá, eu era um caçador de monstros, igual a você.

Sinto que estou ficando vermelho.

— Caçador de monstros? Este pequeno e velho eu? Na verdade, não sou exatamente um caçador de monstros — comento.

— Espere aí — Quint interrompe. — Você sabe o que *aconteceu* aqui? Na Terra?

— Sim! — June diz, entrando na conversa. — Você sabe o que causou o Apocalipse dos Monstros?

Os olhos de Thrull se estreitam.

— Apenas uma parte, mas conheço alguns detalhes, sim.

Quint sente uma vertigem.

— Finalmente poderemos descobrir, amigos! — ele diz.

De repente, o homem-monstro Thrull cai no chão. Ele geme de dor. A perna dele está pior do que eu pensava.

— Meus movimentos estão limitados. Podem me ajudar? — diz Thrull. — Encontrar meus amigos? E o meu lar?

Engulo em seco de novo. Uma lar monstro? Cheio de amigos monstros?

— Ah, e onde você mora? — pergunto. — Tipo em uma caverna em algum lugar? Ou um castelo antigo? Ou embaixo de uma ponte?

— Ƃăġņœ Ŕəėn — Thrull responde. — Mas acredito que, na sua língua, se pronuncia "Pizza do Joe".

Quint e eu nos entreolhamos, muito mais do que confusos. E muito mais do que animados.

Veja só, a Pizza do Joe era um ponto de encontro depois da escola para crianças do ensino fundamental, e um ponto de encontro de dia inteiro para caras mais velhos delinquentes, e também para o Dirk. Em dias que só tínhamos aula em meio período, o pessoal ia para lá, comia algumas fatias de pizza e geralmente tocava o terror.

Quint e eu sonhávamos em ser assíduos lá. Você sabe, como nos programas de TV, que existem restaurantes e lanchonetes que são pontos de encontro em que todos *conhecem* você. Sempre que você entra, encontra seus amigos ali, apenas matando o tempo. Imaginei que apenas entraríamos, todos acenariam, nos cumprimentariam, praticamente gritando nossos nomes... e nossos pedidos de sempre seriam trazidos imediatamente.

Mas Quint e eu nunca fomos convidados para a Pizza do Joe. E de jeito nenhum iríamos aparecer e ver todas as outras crianças nos olhando e sussurrando: "Quem trouxe o esquadrão dos idiotas?".

Então, sim, não era realmente o nosso esquema. Eu *queria* que fosse o nosso esquema. Eu *daria* qualquer coisa para que fosse o nosso esquema, mas não era. Nosso esquema era mais "ficar em casa, jogar

Minecraft e deixar a mãe do Quint nos fazer pizzinhas congeladas".

Descolados

Nem um pouco descolados.

Mas agora...
Bom, e agora?
Parece que agora a Pizza do Joe tem um esquema completamente diferente. Um esquema *monstro*.
E isso faz com que o Quint comece a me cutucar rapidamente...

Thrull olha para mim. Eu entrego a ele meu taco de hóquei (aquele com o qual eu acerto a cara dos zumbis) para que use como muleta e todos nós o ajudamos a se levantar.

— Sim — respondo. — Vamos levá-lo de volta à Pizza do Joe.

Dirk reúne seus suprimentos de jardinagem. Eu embainho minha arma. Quint cheira sua axila.
E com isso, nosso bizarro grupo sai do Shopping Circular Um, a casa do Vermonstro.

Tenho grandes planos para esse shopping... planos de *nunca* mais voltar aqui.

capítulo seis

Trinta minutos depois, nós cinco e mais o Rover estamos parados em frente à Pizza do Joe, do outro lado da rua. E meu cérebro está perguntando: "Mas que diabos é isso?".

Vejo amplas evidências de que esta não é mais a Pizza do Joe de antes...

Amplas evidências

- Monstro Multi-olhos.
- Monstro alado.
- Monstro estranhamente impressionante e digno.
- Monstro preguiçoso.
- Vários outros monstros.

— Sr. Thrull, o que está acontecendo aqui? — Quint pergunta.

— É aqui que eu moro — ele responde, se mexendo e apoiando seu peso no taco de hóquei. — Venham.

Mas é seguro?

Espera. Nenhum desses monstros vai, tipo, tentar comer a gente?

VOCÊS SÃO MEUS AMIGOS. E AMIGOS SÃO BEM-VINDOS!

Isso parece bastante razoável... mas algo me impede de ir em frente

— Hã, um segundo, sr. Thrull! — exclamo. — Reunião rápida de amigos.

Pego meus amigos e corremos para um ponto onde ele não nos ouviria.

— Devemos entrar lá? — pergunto.

Dirk e June concordam com a cabeça.

— Acho que sim — June diz.

> É claro. Por que não?

— Por que não?! Sabe quando as pessoas velhas sempre dizem para você não confiar em estranhos? É um ótimo conselho! Você sabe qual é um conselho melhor ainda? Não confie em estranhos que são *monstros*! *O cara está usando penduricalhos de ossos.*

Quint abre a boca para responder, mas um som estranho nos interrompe. É como o som de uma lâmina cortando entre nós, silenciando-nos.

— Vocês ouviram isso?

É como o vento, assobiando entre as árvores. Só que mais alto. O som enche o ar. Como um assobio ou uma… como se chama aquele instrumento plástico ridículo da escola primária? Uma flauta! Se parece um pouco com isso, mas o som é mais profundo, mais áspero e, quanto mais eu o ouço, mais ele começa a soar como um grito musical estranho e diabólico. Não há outra maneira de descrever o som. É um GRITO ATERRORIZANTE e não humano.

Mas não há tempo para refletir sobre o som estranho, porque Thrull está mancando em direção ao Joe. Se vamos entrar, a hora é agora.

— Vamos lá! — June diz.

Eu escuto o barulho por mais um momento. O som entra nos meus ouvidos e segue direto para minha espinha, marchando por ela, torcendo-a e me aterrorizando até o âmago.

É apenas um barulho.

No entanto, me assusta mais do que o normal.

— Jack! — Quint chama. Balanço a cabeça, tentando espantar o medo, e, relutante, sigo meus amigos. De dentro do Joe eu escuto sons de vidros se quebrando e risos bizarros e inumanos.

Mas continuo em frente.

Todos nós continuamos.

Rover trota ao meu lado. Assim que subimos para a calçada, falo pra ele ficar ali, e Rover me lança aquele olhar de filhotinho triste.

— Não se preocupe. Voltaremos logo, amigão — falo para ele. — Acho que voltaremos...

Continuando em frente, passamos pelos monstros do lado de fora. Tento dar a eles cumprimentos masculinos bons e sólidos, mas eles apenas me olham como se fossem dizer: "Amigo, você está no lugar *errado*".

Thrull coloca a mão contra a porta e a empurra, e então entramos. Lá dentro, temos a visão mais estranha que se possa imaginar...

Tentáculos dançam no ar! Feras peludas duelam no braço de ferro! Coisas com escamas jogam uma versão estranha de dardos. No balcão, monstros parecidos com insetos comem pizzas inteiras em uma única mordida. Pequenas criaturas voadoras deslizam pelo ar entregando comida. E em todos os lugares, nas mesas, nos sofás, há MONSTROS ASSUSTADORES conversando em alguma forma da linguagem de monstros.

Alguns falam em nossa língua. Alguns pedaços de conversas chegam a nossos ouvidos:

— ... UMA VEZ, JOGUEI UM GURLAK NA LAMA APENAS COM MINHA CAUDA...

— ... MAIS UM FILÉ DE SNOZZLE, CHEF!

— ... ACHO QUE TEM GOSTO BEM MELHOR SE AINDA ESTIVER RESPIRANDO, SE VOCÊ QUER MINHA OPINIÃO...

— Isso aqui é...
— INCONCEBÍVEL!
— IRADO!

Um monstro massivamente redondo que está atrás do balcão lança uma torta inteira no ar, diretamente na boca de uma criatura que parece ser apenas a boca e nada mais.

E então a gente está aqui.

E eu estou aqui.

O humano de treze anos de idade.

O garoto assustado, confuso e superconfiante, mas apenas superconfiante para poder esconder seu medo paralisante.

— Meus amigos! — Thrull grita. — Me ouçam!

O murmúrio de vozes de monstros vai morrendo. Eles viram suas cadeiras. Alguns giram seus pescoços impossivelmente compridos. Posso sentir os olhos deles, alguns com milhares de pequenos globos oculares, como moscas, nos observando.

> CONHEÇAM JACK E SEUS AMIGOS. ELES DERROTARAM ŒŕŗŪÆL, O MAL ANTIGO!

> Hã, nós o chamamos de Blarg. Lembra?

Thrull aperta os lábios. Ele suspira através das brânquias no pescoço e diz:

— Œŕŗūæl, conhecido neste mundo como BLARG!

Os monstros simplesmente olham para nós. O silêncio paira no ar como um peido na hora errada. Por fim, uma pequena criatura sem armas, empoleirada em uma cadeira, ri e se inclina para a frente.

— Este pequeno humano derrotou um servo de Ṛeżžőcħ, o Antigo, o Destruidor de Mundos? RÁ! Nem um pouco provável! — diz a criatura, gargalhando.

Ei! Eles estão me chamando de mentiroso? Eu sou muitas coisas. Sou preguiçoso. Desajeitado. Sou louco por garotas com sotaque britânico. Eu finjo ser encantador, mas não sou realmente charmoso. Agora, mentiroso eu não sou.

Bem, isso também não é totalmente verdade. Quero dizer, já menti bastante. Quem nunca?

Mas não estou mentindo sobre isso!

Dou uma tossida na mão, respiro fundo e dou um passo à frente.

— Hã. Olha. Bom. Sim. É verdade. Eu derrotei ele. Sério. Com isso — falo, puxando o Fatiador da bainha.

Do jeito que os monstros reagem, parece que acabei de tirar uma cabeça de burro do bolso de trás. Alguns suspiram como humanos. Outros emitem sons que só posso imaginar que sejam versões monstruosas de suspiros.

Eles começam a farejar o ar e depois começam a sorrir. É como se pudessem sentir o cheiro de Blarg na lâmina.

Thrull me olha com um sorriso cheio de dentes. Ele põe sua pata enorme no meu ombro. Não consigo evitar de sentir um enorme calor por dentro.

E então...

> **AO JACK!**
> O HUMANO QUE ABATEU ŒŔŖŪÆL, SERVO DE ŖEŻŻÓCH, O ANTIGO, O DESTRUIDOR DE MUNDOS!

— E esses são meus amigos! — grito para ser ouvido em meio à gritaria. — Não fiz isso sozinho! Eles ajudaram! E tipo, ajudaram muito!

A galera grita alto em comemoração. June e Quint ficam radiantes. Dirk me dá um tapinha nas costas. E é assim que somos recebidos no estranho novo mundo que é a Pizza do Joe.

Logo, monstros estão nos cercando, fazendo perguntas, contando histórias, nos oferecendo comida. Uma dúzia de monstros se aglomera ao meu redor enquanto reconto a história de como eu lutei com o Blarg. Eles continuam me servindo refrigerante sem gás do Joe e eu continuo falando.

Primeiro eu estava, tipo, "Qualé, cara de monstro?!!"

Então eu falei "Pra trás, amigão!"

E então foi só "Toma aqui um gostinho do meu Fatiador!"

Mais tarde, vejo Thrull em um canto escuro, sentado à mesa. Ele está conversando com outra criatura que é magra, com membros finos e uma barba áspera e irregular.

Thrull vê que estou olhando para ele e me chama. Eu puxo Quint, Dirk e June comigo.

— Por favor, sentem-se — diz Thrull, depois aponta para o outro monstro. — Este é ẞàṛġẗl. Se pronuncia "Bardo" na sua língua.

Bardo sorri e esse ato parece exigir muito dele. Seu rosto se contrai, revelando cicatrizes profundas cortando de um lado para o outro.

— Bardo tem muita idade — Thrull continua. — Por muitas vidas, ele foi um conjurador em nossa dimensão.

— Dimensão? — Quint pergunta, inclinando-se para a frente.

SENTEM-SE, POR FAVOR. CONTAREI O QUE SEI A RESPEITO DE COMO VIEMOS PARAR AQUI...

capítulo sete

> NA NOSSA DIMENSÃO HAVIA UMA LENDA. UMA HISTÓRIA CONTADA PARA MANTER OS JOVENS ACORDADOS À NOITE. A HISTÓRIA DE UM SER CONHECIDO COMO ṚEŻŻÓCH, O ANTIGO, O DESTRUIDOR DE MUNDOS.

— Ele é muito antigo? Mais velho que você? — June pergunta.

Bardo ri daquilo.

— Ah, sim. Muito mais. Ṛeżżóch, o Antigo, vem do tempo antes do tempo, quando grandes batalhas eram travadas em nossas terras. Depois de uma era, Ṛeżżóch foi derrotado. E por milênios ele desapareceu e vivemos em paz.

— Mas ele voltou. Ao longo dos tempos, raras criaturas malignas se esforçaram para conseguir o retorno de Ṛeżżőcħ, mas um desses servos de Ṛeżżőcħ despertou seu espírito. E Ṛeżżőcħ veio como uma tempestade de verão, forte e rápida, com uma magia mais poderosa do que jamais havíamos conhecido. Enquanto dormia, sua fome aumentou muito.

— Sei bem do que você está falando — eu digo. — Às vezes, quando acordo, apenas desejo comer um chocolate enorme, tipo...

— Jack! — Quint sussurra.

— Ah, sim. Hora dessa história.

Bardo ri de novo

— Ṛeżżőcħ não deseja chocolates. Ṛeżżőcħ deseja mortes. Ele é o destruidor.

Eu engulo em seco. Isso parece ruim.

— A mágica de Ṛeżżőcħ ficou bem mais forte — Bardo continuou. — E então, no auge de seu poder, *aconteceu*. Em um instante, nosso mundo escureceu. Os céus nublaram-se. A atmosfera estalou. Portas se abriram... portais de energia. Eu não sei como. Não sei se foi o próprio Ṛeżżőcħ que abriu esses portais, ou se foi outra coisa...

Quint me lança um olhar nervoso. Nada disso parece bom.

— Só sei que, em seguida, fomos *sugados* por esses portais — ele continuou. — Todos nós. As trepadeiras selvagens, os mortos-vivos que carregam e espalham a praga zumbi, os meus amigos que vocês veem aqui, todos nós, em um instante, puxados pelos milhares de portais e trazidos para o seu mundo.

— Espera aí — eu interrompo. — E então esse cara mau, Reżżőcħ, o Antigo, ele passou por esses tais de portas portais de energia? ELE ESTÁ AQUI?

Bardo balança a cabeça negativamente.

— Não. As portas se fecharam antes que Ŗeżżőcħ pudesse passar. Ŗeżżőcħ, o Antigo, foi deixado para trás. Para nós, é um alívio, pois sofremos sob o seu domínio, mas agora estamos aqui, em um mundo novo e estranho.

— Aaah! — exclamo. — Mas, então... estamos a salvo do tal do Ṛeżżőcħ?

Bardo assente com a cabeça.

— Parece que sim. Por enquanto. Ele foi deixado para trás em nosso mundo. E nós estamos no seu agora.

Ufa.

Bardo sorri.

— E devemos muito a você por derrotar Blarg. Ele era um servo de Ṛeżżőcħ que o adorava como a um deus. Ele faria o possível para trazer Ṛeżżőcħ para este mundo.

Thrull faz uma pausa de mastigar algo que parece rabo de rato frito.

— Você está construindo um bestiário? — ele grunhe.

— Como você adivinhou? — pergunto.

— Eu vejo seu amigo escrevendo e escrevendo. E você tem um dispositivo para captura de imagens, correto?

Olho para a câmera em volta do meu pescoço. Antes do Apocalipse dos Monstros, eu tirava fotos para o jornal da escola. E não era tão ruim nisso. Fotografia é meio que o meu negócio, fotografia e detonar monstros.

— Tenho — respondo.

— Posso ver esse bestiário de vocês? — Thrull pergunta. Bardo levanta uma sobrancelha afiada para Thrull, mas Quint dá de ombros e entrega o caderno.

Observo Thrull sentir o peso em suas mãos enormes. Então abre e examina o fichário de três argolas como uma criança tocando algo pela primeira vez. Por fim, ele balança a cabeça e diz:

— Não, não... isso não vai funcionar.

Quint e eu franzimos a testa. Ele está falando mal do nosso bestiário?

Thrull enfia a mão em uma das sacolas penduradas sobre o ombro e remove um volume grosso e empoeirado, e então estica para a gente.

Ao pegar esse novo livro, sinto algo como energia pular na ponta dos meus dedos. Minhas mãos estão formigando. O som parece desaparecer, como se alguém estivesse diminuindo o volume. Minhas respirações ficam curtas e rápidas.

Minha mão treme quando abro a pesada capa.

E eu espirro imediatamente.

— Hã, me desculpe — eu digo, me sentindo realmente idiota.

Ninguém diz nada. Meus amigos observam o livro com os olhos arregalados. A capa é feita de algo duro, como a pele de um monstro velho. As páginas são amareladas, grossas e texturizadas. Cada uma é coberta com esboços assustadores de criaturas estranhas e aterrorizantes. Palavras rabiscadas na escrita de monstros.

E outras *coisas*.

Estranhas.
Dentes, unhas, cabelos e... *eca*... um olho achatado.

— Hum... o que é esse livro nojento, mas tão incrível? — pergunto.
Thrull sorri orgulhosamente.
— Isso é um bestiário. Um verdadeiro bestiário. Do nosso mundo.
Bardo olha para Thrull. Sinto raiva vindo de Bardo, embora não entenda o porquê.
Eu continuo folheando o livro. Depois da página vinte, o resto está em branco. Nenhuma anotação.
Eu levanto a cabeça, confuso.

— É um presente — diz Thrull. — Por você derrotar Blarg, servo de Ṛeżżőcħ. Por me ajudar a voltar para casa. É um bestiário inacabado. Muito melhor que o seu caderninho frágil. Duzentas e trinta e duas páginas em branco. E são suas para preencher.

Eu olho para Quint. Ele está praticamente brilhando.

— Eu não sei o que dizer...

— Espera um pouco... Você espera que a gente dê uma volta por aí, tipo, arrancando os olhos dos monstros? — June pergunta. — Porque nós realmente não somos arrancadores de globos oculares.

Thrull solta uma enorme gargalhada. Acho que imagens de globos oculares sendo arrancados são engraçadas para ele.

— Não, não — ele responde finalmente. — Mas se vocês querem ser autores de um bestiário, devem capturar a essência de cada criatura. Uma prova. Um único cabelo. Uma gota de suor. Em nossa dimensão, um estudioso de bestiário que não encontra o monstro *de fato* pode ser descrito como, bem, um covarde.

— Não somos covardes — Dirk fala.

Thrull ri novamente.

— Não pensei que fossem.

Bardo permanece em silêncio. Ele parece assistir à conversa toda com desconfiança. Eu não me sinto muito bem-vindo.

De repente, June arranca a câmera do meu pescoço e exclama:

— Hora da foto! Digam *Apocalipse dos Monstros!*

Já passava da meia-noite quando finalmente nos despedimos e voltamos para casa, prometendo retornar em breve.

Quando saímos, olho para Quint, sorrindo.

— Temos um bestiário *de verdade* agora. Vamos procurar criaturas estranhas por todos os lados. É a *melhor missão de todas*!

capítulo oito

Brinquei de braço de ferro com um cyklutz de um olho só!

Dancei com um monstro. Pelo menos acho que era dança... Espera! Será que era **luta**?

Devia ter perguntado sobre o desaparecimento dos zumbis...

Todos concordamos: vimos nossos amigos se transformarem em zumbis, vimos monstros gigantes devorando esses zumbis, vimos Quint sem calças, mas *hoje* foi o dia mais estranho de nossas vidas.

A alguns quarteirões da Pizza do Joe, Quint para. Ele tira o bestiário da bolsa e o põe no capô de um carro da polícia de Wakefield. Então tira uma caneta do bolso e começa a escrever.

— O que você está fazendo, amigo? — eu pergunto.

— Estou adicionando nossa primeira entrada ao novo bestiário. O Vermonstro.

— Mas não temos a essência dele. Sabe, uma prova, como Thrull disse.

Quint sorri maliciosamente.

— Sim nós temos. Me passe o Fatiador.

Desembainho minha arma. Quint o segura, girando e examinando-o ao luar. Finalmente, ele parece satisfeito. Segurando a lâmina em uma das mãos e o bestiário com a outra, Quint limpa a borda do bastão na página.

Todos nós chegamos mais perto. Uma gota de sangue do Vermonstro e lama quase secos caem. Quint escreve por alguns momentos e depois examina tudo orgulhosamente.

— Um já foi, faltam duzentos e trinta e um...

O Vermonstro
(Ingens Vermis)

INFO (Aproximadamente chutadas por Quint):
Altura: 30 metros
Peso: 30 a 35 toneladas
Velocidade: 65 Km/h na superfície;
Velocidade subterrânea desconhecida

Tentáculos Pontiagudos.

ESSÊNCIA:
Sangue de Vermonstro.

Crânio protegido.

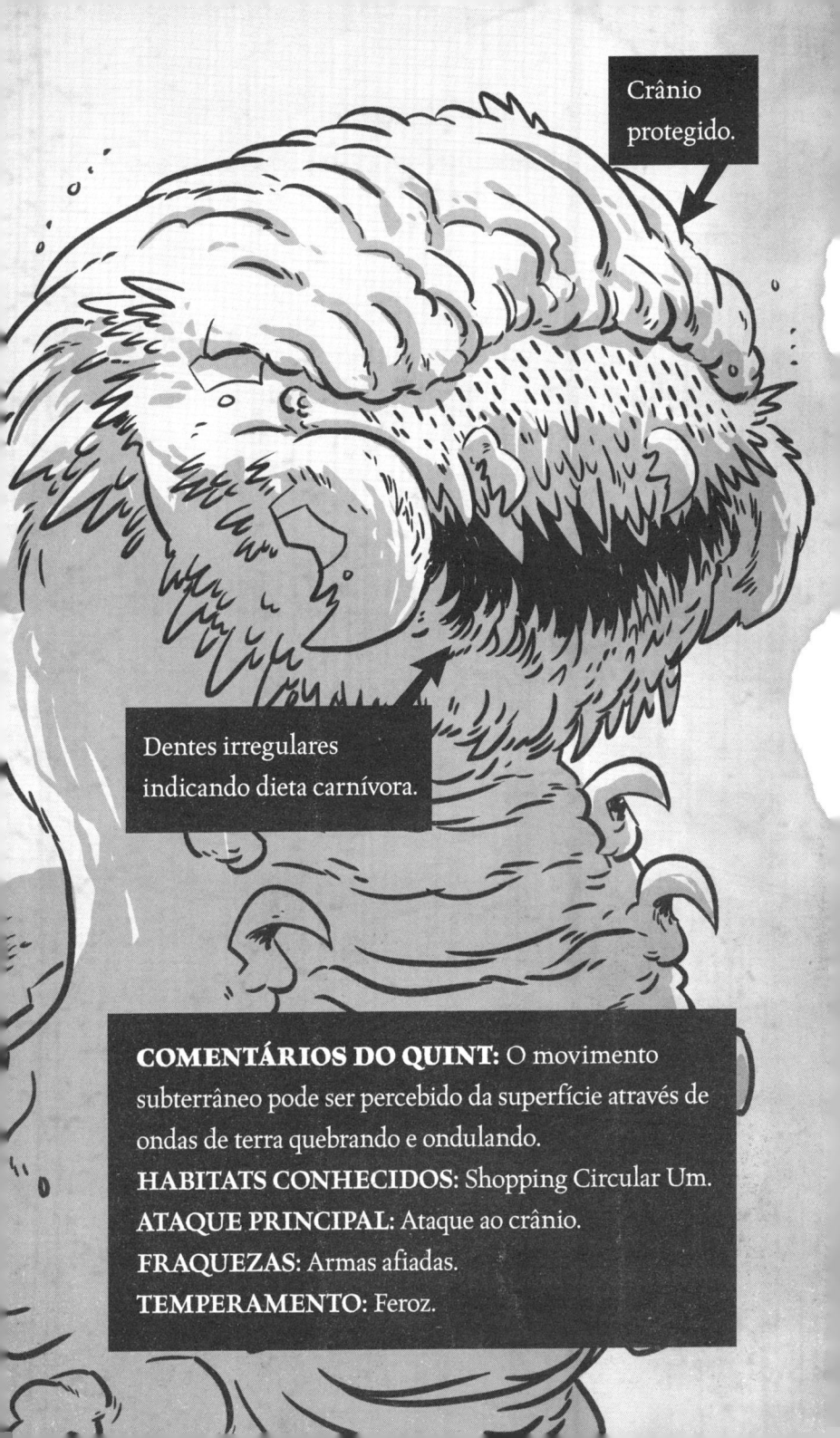

Dentes irregulares indicando dieta carnívora.

COMENTÁRIOS DO QUINT: O movimento subterrâneo pode ser percebido da superfície através de ondas de terra quebrando e ondulando.
HABITATS CONHECIDOS: Shopping Circular Um.
ATAQUE PRINCIPAL: Ataque ao crânio.
FRAQUEZAS: Armas afiadas.
TEMPERAMENTO: Feroz.

Perto da nossa casa na árvore, eu sorrio. Estamos em casa. É bom estar em casa após o dia *mais estranho de todos os tempos*.

E que belo lar nós temos. Veja só, eu era órfão antes do Apocalipse dos Monstros. Minha família adotiva, os Robinson, eram muito babacas, mas eles construíram para o filho deles, meu irmão adotivo, uma casa na árvore *incrível*. Os Robinson saíram correndo assim que o Apocalipse dos Monstros

Catapulta #1.

Tirolesa (ótima pra escapadas rápidas e secar meias).

Destilaria de refrigerante (aperfeiçoando a fórmula — por enquanto é água de salsicha e colorante verde).

Balde Banheiro.

começou, e não tenho ideia de onde estão agora, mas tudo bem: Quint e eu fomos para a casa na árvore e passamos muito tempo aparelhando ela. Ficou *irada*.

- Ninho do Corvo (com telescópio de visão noturna).
- Lança-foguetes.
- Heliporto pro mini-helicóptero.
- Catapulta #2.
- Besta.
- Chuveiro de água da chuva.
- TV de tela plana à prova d'água.
- Estação de relaxamento (Videogame, gibis, jogos de tabuleiro).
- Gerador elétrico.
- Arsenal.
- Defesas externas (afiado!).

Quint coloca o bestiário em nossa lancheira-cofre reforçada. É onde guardamos todos os nossos bens mais valiosos: bolinhos, placar de arrotos (ninguém nunca bate a June), meus controles Nintendo *nunchucks*, enfim, todas as coisas boas que temos.

Quint tranca a lancheira-cofre e meus amigos vão para a cama.

Mas eu não durmo.

Eu estou preocupado.

Passei a vida inteira... bom, treze anos; na verdade, menos, porque durante um tempo eu era um bebê e depois uma criança... você entendeu, mas passei MUITO tempo querendo amigos. Uma *família*.

E agora que consegui, estou com medo total e extremo de perder essa família.

Com tudo em silêncio, repito os eventos do dia na minha cabeça. Uma imagem me assombra.

Não é da Pizza do Joe.

Não é a imagem do Vermonstro.

É o Vermonstro acertando meus amigos. É a sensação no meu estômago quando pensei que eles tinham partido para sempre. Isso não sai de mim.

Não consigo apagar da cabeça.

Depois de duas horas rolando na cama (tem algo pior do que tentar dormir e não conseguir?), finalmente desisto. Saio da cama, tentando enxergar no escuro, e me esgueiro até o deque.

> Ei, amigão. Me faça companhia.

Rover corre e pula na cesta. Aperto o interruptor do elevador hidráulico e aquela enorme bola de pelos é içada ao deque.

Faço alguns coquetéis para nós. Gosto de Pibb Xtra misturado *ao* refrigerante, e Rover é fã de Fanta com grama, coberto com bolotas. Derramo um pouco em sua tigela de comida monstruosa, que na verdade é um crânio oco. Rover lambe pela órbita ocular.

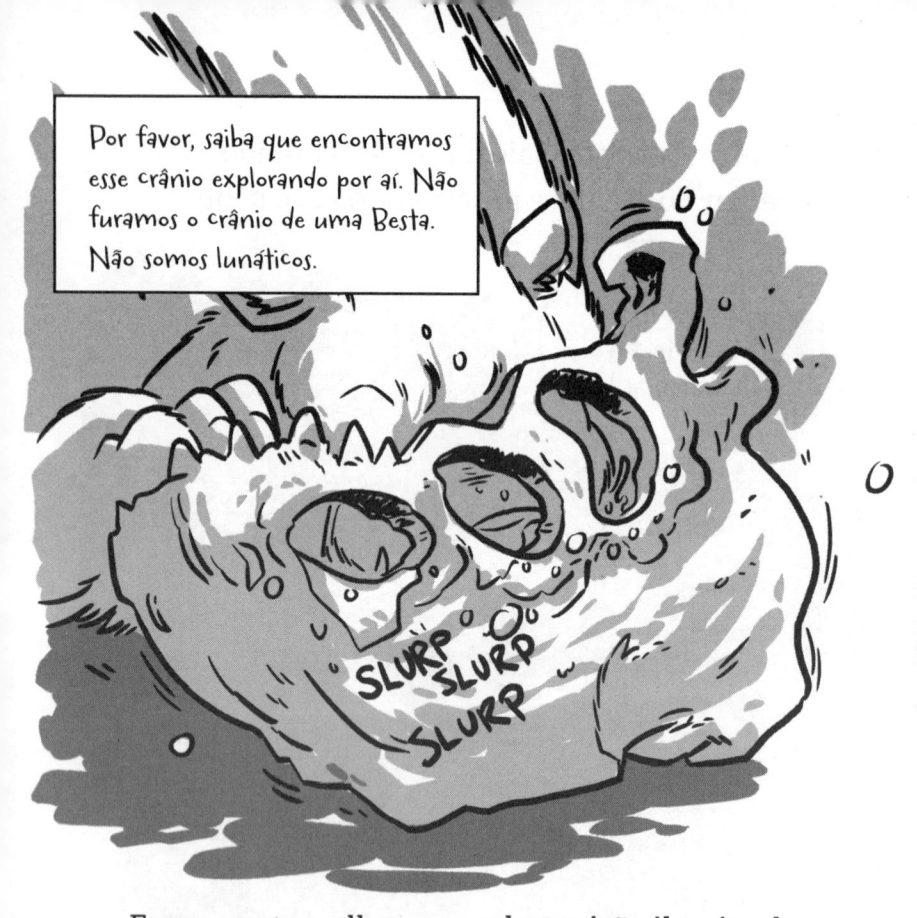

Por favor, saiba que encontramos esse crânio explorando por aí. Não furamos o crânio de uma Besta. Não somos lunáticos.

SLURP SLURP SLURP

Eu me sento e olho para a destruição iluminada pela lua. O mundo está mudando. Trepadeiras estranhas crescem por cima de tudo. O corpo em decomposição do monstro Blarg ainda está envolvendo a casa dos meus pais adotivos. Seu fedor paira no ar, mas os monstros da Pizza do Joe não têm esse cheiro. Eles, em geral, tem cheiro de vestiário de academia.

Bebo metade do meu refrigerante de uma só vez. Depois, ansioso, fico batendo a garrafa no meu joelho.

— Posso te contar um segredo, Rover?

— Purrrrr.

— Antes eu não estava com medo. Não assim. No shopping, vendo todos os meus amigos quase sendo esmagados por aquele verme, fiquei petrificado. Se não fosse pelo Thrull, eles teriam desaparecido. Morrido.

— Purrr.

— Eu sou Jack Sullivan, Herói de Ação Pós-Apocalíptico, mas eles não são.

— Purrr.

Eu suspiro.

Gostaria de poder apenas, sei lá, só tipo, trancar todos nesta casa na árvore para que ninguém jamais pudesse sair, não importa o que acontecesse.

Sim, sim. Eu sei. Percebi assim que falei. Soou estranho.

Rover abaixa a cabeça e coloca o queixo em cima das patas. Isso é incrivelmente fofo. Acho que ele faz isso quando sabe que estou confuso e estressado.

— Eu só... Sei lá. É como se eu devesse proteger essas pessoas agora. Mas o que eu sei sobre isso? Nada, e além disso mais nada!

— Você sabe muitas coisas — diz uma voz atrás de mim.

Eu praticamente dou um salto e me viro. É o Quint. Ele está de roupão de cientista louco. É isso mesmo, Quint tem um roupão de banho que parece um jaleco. E ainda fica bem nele.

— Desculpe, amigo — diz ele. — Assustei você?
— Assustou — respondo. — Refri?

Babado?

Provavelmente

Quint encolhe os ombros e dá um gole. Depois se senta ao meu lado.

— Também não consegui dormir.
— Aaah — respondo baixinho.
— Você sabe que não está sozinho, Jack — Quint fala. — Somos *todos* heróis de ação pós-apocalípticos agora.
Eu suspiro.
— Eu sei, mas é só que, eu não quero...
— Perder mais ninguém? — Quint pergunta. — Todos nos sentimos do mesmo jeito.
Ficamos sentados em silêncio. Ouço grilos cantando, um bom lembrete de que *nem tudo* do nosso velho mundo se foi.
Mas então eu ouço outra coisa.
O mesmo grito-assobio estranho que ouvimos do lado de fora da Pizza do Joe. Ou como eu o apelidei na minha cabeça: O Grito.
Quanto mais ouvíamos, mais alto parecia. O som ficava saltando dentro do meu crânio como em uma máquina de *pinball*.
Me levanto e vejo dois zumbis... os primeiros zumbis que vimos o dia todo — o que é estranho —, se arrastando pelo meio da rua. Eles desaparecem atrás de uma casa e reaparecem um minuto depois. Estão de cabeça erguida, como se estivessem se movendo com um propósito. Não é o comportamento habitual e irracional de sempre.
— Tem algo acontecendo — digo enquanto subo a escada em espiral até o telescópio e olho através dele.

Estou vendo mais 6! Parece que estão se movendo até O Grito.

Desço rápido pelos degraus e deixo o telescópio girando.

— Isso pode estar causando o desaparecimento deles! Tipo, eles vão para algum lugar e não voltam...

Um sorriso começa a se espalhar pelo rosto de Quint. Ele está intrigado. Sua cabeça de cientista está pegando fogo.

— Nós temos que investigar! — ele declara.

Eu paro.

Esse é o meu maior medo.

É por isso que eu não conseguia dormir.

Quint, querendo fazer algo ousado e aventureiro, algo ousado e aventureiro que pode fazê-lo ser totalmente devorado e deixá-lo, tipo, sem cabeça. Quint sem cabeça. Esse é o meu pesadelo.

> Isso não é nada, Jack. Relaxa.

— Claro que *é*! — exclamo.
— Hã? — Quint fala.
— Ah, nada. Deixa pra lá. Desculpa. Olha, é só que... é muito perigoso sair por aí.
— Perdão? — Quint pergunta. — Estou pensando nos zumbis que estão desaparecendo há *semanas*. Eu sabia que algo estava acontecendo. E agora está claro: algo *realmente* está acontecendo... e não vamos procurar a fonte?!
— Não. *Eu* vou. Você não.
Quint me lança um olhar longo e dolorido. Sua boca está aberta, apenas um pouco.
— Como é que é? — ele finalmente diz, chocado.
— Eu vou sozinho.
Quint dá um passo em minha direção, subitamente muito ereto e duro.
— Como você é engraçado. Ou nós dois vamos, ou nenhum de nós vai.
— Não posso continuar arriscando a vida dos meus amigos conscientemente! — exclamo. — E também não posso continuar dizendo coisas como "conscientemente"! E você é a causa de eu estar fazendo as duas coisas!

De repente, O Grito fica mais agudo... e vira um uivo estridente que corta o ar da noite como uma faca. Nós dois viramos a cabeça na direção do som arrepiante.

Nós *precisamos* saber o que está acontecendo. E eu sei... eu SEI, Quint não me deixará ir sem ele.

— Tá bom — eu digo finalmente. — Vá se vestir.

— Eu estou vestido.

Olho para seu roupão-jaleco de nerd.

— Sério? É isso que você vai vestir?

Quint faz que sim.

— Vamos, Jack. Temos que nos apressar.

— Nos apressar em um roupão de banho — murmuro. — Ridículo...

Pego o Fatiador e escorrego pelo poste de bombeiro. Quint e Rover descem na cesta, e então montamos. Eu na sela, Quint atrás, partindo para a noite fria e enevoada.

Vamos ver qual é a dessa marcha de zumbis...

capítulo nove

Temos que obter um assento traseiro melhor.

Ah, só segura firme!

Sem lâmpadas ou cidades para iluminar o céu, tudo fica absurdamente escuro. Árvores, sem cuidados e crescidas demais, elevam-se sobre nós como figuras sombrias.

Mas, enquanto cavalgamos, as nuvens se movem, a lua brilha e o céu parece ainda maior. As estrelas parecem tão grandes que poderiam cegar.

Rover silenciosamente nos leva por uma estrada sinuosa. As casas começaram a desmoronar quando as Trepadeiras as sufocaram.

À frente, zumbis se arrastam pela rua, seguindo o som.

— É como o flautista de Hamelin — sussurra Quint. — Ele era um cara que tocava flauta que atraía os ratos para a morte. E os ratos apenas seguiam o som. Eles não conseguiam evitar.

— Isso aconteceu mesmo? — pergunto. — Quando? Tipo, nos anos 1990?
— Não, Jack. É um mito do século 16.
— Ah.
Ao nos aproximarmos da Rua Principal, a multidão de zumbis se arrastando cresce. Estranhamente, eles não se interessam por nossos corpos carnudos. Estão focados em apenas uma coisa: O Grito.
Sinto os dedos de Quint se apertarem em volta da minha jaqueta.
— Hã, Jack. Poderíamos encontrar um lugar mais seguro para descobrir o que está acontecendo?
— Boa ideia — respondo. — Terreno elevado. Poderemos ver qual o tamanho desse desfile de zumbis.
Eu puxo as rédeas do Rover, guiando-o por um beco apertado. À nossa frente, aparece o Velho Cemitério Sul.
— Sério, Jack? — Quint geme. — As coisas não são assustadoras *o suficiente* com os zumbis e o assobio? Agora você está nos levando para o *cemitério* da cidade?
— Ali — falo apontando para uma tumba gigante no topo da colina no centro do cemitério. — Poderemos ver a maior parte de Wakefield dali.
Com uma corridinha leve, Rover salta sobre o muro quebrado e nós pousamos dentro do cemitério. Então Rover sobe a colina inclinada.

Em seguida, ele salta para a frente e pousamos no topo da tumba. E a partir daí, conseguimos ver tudo. Zumbis até onde a vista alcança...

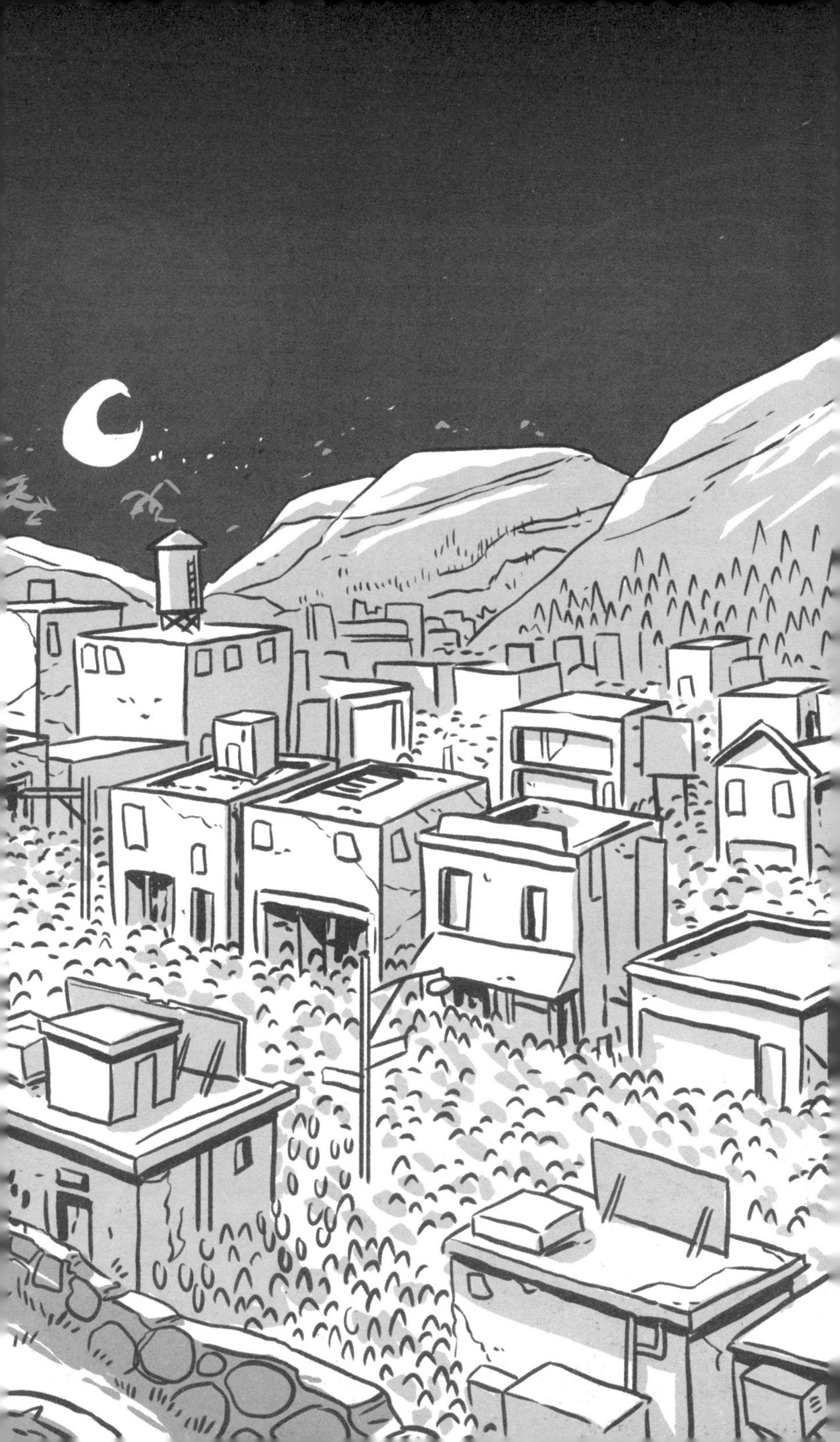

— *Definitivamente* é uma coisa tipo o flautista — afirma Quint. — Deve haver *milhares* deles.

Eu levanto minha câmera para tirar uma foto, mas de repente sinto os dedos de Quint segurando no meu pescoço. Eu giro. Quint parece prestes a chorar. Ou vomitar. Ou ambos. Ao mesmo tempo. O que é uma imagem realmente estranha e horrível.

— O que foi? — pergunto, mas então eu também sinto. Um tremor aos meus pés. Um estrondo de dentro da tumba. Eu olho para o chão. A pedra abaixo de nós está começando a rachar.

— Quint — eu digo baixinho, minha pele começando a se arrepiar de medo. — Vamos pra casa. Agora. Nós dois.

Mas é tarde demais...

Sou arremessado no ar como uma boneca de pano. Quint bate em uma lápide. Rover cai na grama, vira e desce a colina.

— Quint, se abaixe! — eu grito enquanto pedaços de pedra e concreto caem. Os escombros batem na grama como uma chuva de meteoros. É como se a tumba tivesse sido detonada de dentro para fora. Como se algo de repente rasgasse através dela...

Zonzo, agarrando a terra úmida, fico de joelhos. E o que eu vejo... faz meu sangue gelar...

O MONSTRO OLHO CABELUDO!

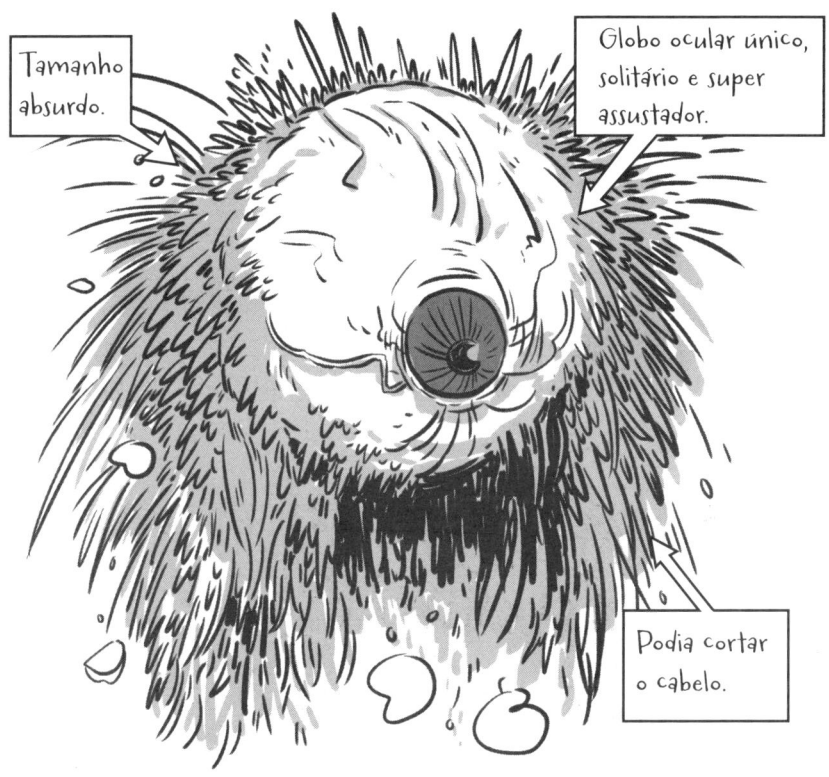

Tamanho absurdo.

Globo ocular único, solitário e super assustador.

Podia cortar o cabelo.

Os cabelos longos nas costas do monstro ficam em pé. O cabelo não é mais apenas cabelo... agora são muitos espinhos prateados e afiados.

Eu rapidamente tiro uma foto. O flash explode como fósforo branco na escuridão. A íris do globo ocular se abre com um *SHLUCK* nauseante e a besta emite um rugido estridente. A íris aberta não revela nada além de polpa vermelha e azul... como o interior de alguma fruta estranha saída de um pesadelo.

— Jack! — Quint exclama. — Não acredito que aquilo goste de ser fotografado!

— Mas é para o bestiário!

O enorme globo ocular rola para a frente. Seus cabelos, agora agulhas, perfuram a terra. Logo, uma vasta gama de pelos afiados é apontada para nós, como um exército de lanças medievais.

— A coisa vai nos atropelar! No estilo almofada de alfinetes! — eu berro, girando nos meus calcanhares. — *Vambora*!

Quint dispara à minha frente e juntos corremos colina abaixo.

CRAK! CRUNCH! SMASH!

O som de lápides quebrando explode atrás de nós quando o Monstro Olho Cabeludo nos persegue.

— Mais rápido, Quint!

Eu não preciso falar duas vezes para o Quint! Ele abaixa a cabeça e corre... infelizmente com a cabeça abaixada demais. Ele se lança para a frente, grita e depois bate em uma lápide com um doloroso CRAK.

E de repente, *FLIT!*

Um apito agudo e um dos cabelos-agulha do Monstro Olho Cabeludo passa voando por mim, quase perfurando minha orelha. O monstro disparou aquilo como um foguete!

Quint grita.

Minhas pernas amolecem.

Eu vejo o pelo. Está saindo pelas costas do Quint, perfurando meu amigo. Os olhos de Quint estão bem fechados. Seu corpo está caído na terra, mole, preso à lápide.

capítulo dez

Seu rosto está pálido e há olheiras sob seus olhos.

— Foi divertido, amigo — ele fala. Depois tosse duas vezes. — Conte ao mundo... conte ao mundo a nossa história...

Há uma dor no fundo da minha garganta. Meu estômago revira quando olho para o ferimento, esperando ver algo sangrento e horrível: um cabelo afiado perfurando meu melhor amigo.

Mas não vejo nada disso.

Lágrimas... (lágrimas de verdade!)... se formam atrás dos meus olhos.

Eu suspiro.

— Eu sei que você quer dar um adeus dramático estilo Hollywood. Mas, cara, você está 100% *bem*! É só seu roupão de banho que está preso à lápide.

— Espera aí, eu estou bem de verdade?

— Está! — exclamo, agarrando a agulha. Começo a puxar, mas imediatamente tiro a mão. É muito afiada.

O chão treme quando o Monstro Olho Cabeludo desce a colina.

— Quint, rápido, tire o roupão! — eu grito.

— Vou ficar nu! — ele exclama.

— Você vai ficar de cueca!

— Mas vou ficar com frio! — ele choraminga.

O rugido do monstro se aproxima.

— Com frio ou morto, Quint — eu rosno. — A escolha é sua!

Quint murmura alguma coisa. Ele tenta tirar um braço do roupão, mas acaba se enrolando mais. Em segundos, ele está completamente de cabeça para baixo, preso ainda mais do que antes, e conseguiu transformar seu roupão de pateta no que parece ser uma camisa de força improvisada.

> Isto podia ter sido melhor

A cada momento, um *CRASH* soa quando outra lápide é detonada e o Olho Cabeludo se aproxima.

— Quint! — eu grito, finalmente apenas agarrando-o e puxando. — Você está tentando nos matar?

Ele está tão enrolado no roupão que a coisa toda acaba sendo cortada em pedaços bem quando eu o puxo. Então, seminu, ele corre colina abaixo e eu sigo atrás.

Dou uma espiada por cima do ombro. O olho começa a tremer e a sacudir, e percebo, com um *terror supremo*, que estamos prestes a virar almofadas de dez mil agulhas.

— Quint! Se proteja! Agora!

Deslizamos para trás das duas lápides mais próximas. E bem na hora...

FLIT! FLIT! FLIT!

ATAQUE DE AGULHAS

Agulhas perfuram nossas pequenas lápides de defesa. O cimento racha, quebra e desmorona. Sinto que estou em um videogame com o sistema proteção mais mal projetado do mundo. Tipo, não como o game *Uncharted*. Algo bem grosseiro.

— O que vamos fazer? — Quint grita.

— Hum, assim, sem pensar muito? Talvez, quem sabe... CORRER! ASSIM QUE A COISA PARAR DE ATIRAR!

— Mas e a marcha dos zumbis? — Quint choraminga. — Eu preciso saber mais a respeito!

— Quint, eu não vou morrer em um cemitério! É apropriado demais! Perfeito demais!

— Tudo bem — Quint responde. — Mas se for uma coisa tipo a história do flautista, O Grito vai ocorrer novamente. E da próxima vez, vamos *rastrear* a fonte.

— Claro, tudo bem, de acordo! — eu grito. — Supondo que a gente saia daqui vivo!

Finalmente, a enxurrada de agulhas para. Eu espio pelo lado. Minha lápide está rachada e a pedra está cheia de agulhas

O Monstro Olho Cabeludo ficou careca. Todas as suas agulhas foram lançadas. Ele me lembra daqueles gatos bizarros sem pelos, mas, em vez de pele, agora só tem o que recobre um olho. É tipo... o Monstro Olho *Careca*.

A pele do monstro incha, e há um som de rasgar doentio quando agulhas grossas e escuras começam a se projetar dele novamente. A fera grita e só posso imaginar que é de dor, quando os espinhos começam a estalar e a cutucar sua pele.

— Está recarregando! — eu digo enquanto apareço e agarro Quint. — Agora é a nossa chance!

Nós meio que corremos, meio que tropeçamos, descendo a longa colina pontilhada de lápides. Lá embaixo, o Rover está esperando por nós, com a língua para fora e a cauda grande abanando. Quint e eu subimos em suas costas.

— Rover, vai! — eu grito.

Com um único salto, estamos fora do cemitério. O rugido enfurecido do Monstro Olho Cabeludo corta o silêncio da noite.

capítulo onze

Quando acordo na manhã seguinte, estou todo dolorido. Tenho dores em lugares que eu nem sabia que eram capazes de produzir dores.

Demoro um momento para lembrar *por que* me sinto como o último homem em pé num torneio de Luta Livre.

Ah sim... a noite passada.

Com o perigo imediato do Monstro Olho Cabeludo resolvido, minha mente vai para a marcha dos zumbis e O Grito. Essa é a coisa mais assustadora do momento; assustadora porque parecia que algo estava controlando os zumbis. Como se um tipo de som os estivesse atraindo. Alguma força grande e maligna está em ação.

Meus olhos se abrem e, de repente, sou *eu* que estou gritando. Dirk e June estão me encarando como se eu fosse algum tipo de alienígena que acabou de pousar na Terra.

O que aconteceu com você ontem à noite?

Me sento e limpo a baba dos meus lábios. Uma grande mancha de saliva em forma de Darth Vader se formou no meu travesseiro. Desajeitado, tento apoiar o cotovelo sobre ela. Não preciso de June vendo meu Darth Vader de baba.

— Vocês acreditariam em mim se eu dissesse que fomos a um desfile? — pergunto.

Dirk apoia um pé em cima da mesa e toma um gole de uma caneca de café quente.

— Não, eu não acreditaria.

— Bem, dê uma olhada nisso — eu falo pegando minha câmera e jogando-a para June. Ela olha para baixo e seus olhos se arregalam. Estou esperando que ela se sobressalte, exclame algo ou expresse choque de alguma forma, mas ela apenas começa a gargalhar.

— Pare, pare, espera aí! — exclamo saindo rapidamente da minha área de dormir e arrancando a câmera das mãos dela. Passo freneticamente as fotos pra lá de embaraçosas. — Pronto. Está aqui. Não volte nas fotos anteriores. Vá passando pra frente. *Só pra frente.*

June, ainda rindo, passa a foto, e então suas risadas rapidamente param. Seus olhos estão arregalados quando ela vê a marcha interminável de zumbis.

— Tem muitos deles... — ela diz em voz baixa.

— Nós poderíamos ter eliminado uma porrada deles de uma vez — Dirk rosna. — Deveriam ter me levado com vocês.

— Dirk, nós não eliminamos zumbis. Zumbis costumavam ser pessoas. Nós apenas eliminamos os monstros ruins. De qualquer forma, você não pode ver pela foto, mas os zumbis estavam todos marchando juntos, como se estivessem indo para algum lugar. Quint provavelmente pode explicar melhor...

June me devolve a câmera.

— Quint está na oficina.

Dirk concorda com a cabeça e acrescenta:

— Eu ouvi três explosões, dois *bangs* e um monte de *nheco-tuc-bam*. O garoto deve estar trabalhando em algo realmente maluco.

Não estou surpreso. Depois do que vimos ontem, tenho certeza de que Quint tem ideias para cerca de seis novos *gadgets* e dezenove possíveis planos de ataque.

— Pessoal — falo depois de um momento. — Ouvimos novamente aquele barulho estranho de grito. É como se o som estivesse *chamando* os zumbis, fazendo eles irem atrás do som.

June e Dirk trocam olhares preocupados.

— Bom... e para onde eles foram?

— Não sei. Nós só os seguimos até a Rua Principal. Foi quando encontramos o Monstro Olho Cabeludo

— Como é? O monstro o quê? — June pergunta.

Coloco a cabeça de volta na baba de Darth Vader e aceno para a câmera.

— Veja a próxima foto.

June clica e seus olhos quase saltam da cara. Dirk se inclina, olha para a foto e estala os dedos.

— Pois é — eu digo. — A situação ficou um pouco... cabeluda.

Eu rio. Dirk e June olham para mim como se eu fosse tonto.

— Foi uma ótima piada! A situação ficou *cabeluda!* Um monstro que é todo de *cabelo*? Fala sério!

Ainda assim ninguém ri. June balança a cabeça.

— Jack, você não deveria ter ido sem nós. Somos uma equipe, esqueceu?

Dou de ombros.

— Vocês estavam dormindo.

June parece prestes a me dar um soco, mas sou salvo... pelo Quint.

Jack, semana passada você me acordou às 3 da manhã porque não tinha ninguém pra jogar Lego Marvel com você.

E agora diz que não me acordou pra uma MARCHA DE MONSTROS MORTOS-VIVOS?

Você precisava do seu sono de beleza. Eu, como já sou maravilhoso, não preciso descansar.

Ele está no quintal, gritando para nós.
— Amigos! Apressem-se aqui, por favor. Tenho algo a desvendar!

capítulo doze

Jack, se puder, caminhe até mim.

Não gosto disso. Nem um pouco

June me dá uma cotovelada de leve.

— Aaah, qual é o problema, Jack? Com medo de atravessar o seu próprio quintal?

— Eu? Com medo? Rá! — respondo. Parto bravamente em direção ao Quint. A grama vai sendo amassada embaixo dos meus pés.

Isso não é um problema.

ZERO problema.

Mas então Quint sorri. Um sorriso doentio. Um sorriso desonesto do Quint. Sorrisos desonestos de Quint nunca são bons. Ele parece um vilão do Bond toda vez que planeja um movimento no *Banco Imobiliário*.

Meu próximo passo é seguido por um som repentino de estalo quando algo aperta meu tornozelo. É como uma mão me segurando.

— ZUMBI NO CHÃO!!!! — eu berro. — ESCAVADORES! TEM ESCAVADORES AQUI!

E então...

Tá bom.

Alarme falso.

Não são escavadores.

Por favor, apenas esqueça que isso aconteceu... eu, gritando sobre escavadores. Os escavadores nem existem.

Era, na verdade, uma invenção do Quint.
E particularmente uma invenção bem cruel do Quint.
June começa a gargalhar, e ela tem uma gargalhada alta e gostosa que faz meu coração se aquecer... e o Dirk também ri como se fosse uma criancinha.

Quint fala com Dirk e June como se ele fosse o Tony Stark apresentando uma nova armadura.

— Agora — diz Quint —, presumo que vocês estejam se perguntando por que nosso amigo Jack está de cabeça para baixo?

— Na verdade não — Dirk responde.

— Estou apenas aproveitando — June se diverte. — Daria um bom enfeite de árvore de Natal. Apenas enrole algumas luzes ao redor dele. O que acha, Jack?

— Eu odeio todos vocês — murmuro.

— Isso não foi muito festivo — June responde.

— Ouçam com atenção — Quint fala. — Há muito tempo eu suspeitava que os zumbis estavam desaparecendo. Dois meses atrás, não podíamos virar a esquina sem um zumbi atacando. Agora, os esconderijos de zumbis estão quase vazios! Eu não sabia *por que* até ontem à noite, quando ouvimos O Grito e vimos o desfile...

— Hã, pessoal — eu interrompo. — Todo o sangue está descendo para a minha cabeça. Eu não consigo ver...

Meus amigos me ignoram, é claro.

— Você está me dizendo que alguém ou, hã, *algo* está emitindo um som bizarro e estridente, e esse som está chamando os zumbis? — Dirk pergunta.

— Mas o quê? — June pergunta.

— Não sei — Quint responde. — Aliás, não tenho a mínima ideia.

> Mas algo está fazendo eles se arrastarem para um lugar específico. E pretendo descobrir o que é.

June me dá outro pequeno empurrão.

— Posso apenas mencionar novamente o quanto eu absolutamente amo o Jack de cabeça para baixo? — ela comenta. — Podemos mantê-lo assim?

Finalmente, eu explodo.

— PRIMEIRO! Todo mundo, parem de me empurrar. SEGUNDO! O que eu aqui pendurado tenho a ver com tudo isso? Por que eu fui pego?

— Porque — Quint responde — vamos usar uma armadilha para capturar nosso próprio zumbi. Vamos trazer o zumbi aqui. E depois...

Na próxima vez que ouvirmos O Grito, soltaremos o zumbi. E o seguiremos. É assim que resolveremos esse mistério...

capítulo treze

Pouco antes de eu desmaiar, June e Dirk me soltam do laço para zumbis. Belos amigos, hein?

Ainda estou imundo da batalha da noite passada, então uso nosso chuveiro de água da chuva para me limpar. No chuveiro, roendo as unhas enlameadas, eu penso na nossa situação.

Não estou gostando nada disso...

Descobrir uma pizzaria cheia de monstros? Isso é pesado! Aprender que a Terra está agora coberta de monstros, tipo, de um tempo antes do tempo começar a contar o tempo? Também achei super pesado.

E isso é apenas como um aperitivo esquisito! O prato principal é o que parece ser a *ameaça real*: um som estranho e misterioso, O Grito, que faz com que os zumbis percam o pouco que resta de suas mentes.

Para onde eles poderiam estar indo?

Tomar sorvete?

Aula de tênis?

Lanchonete?

Depois do banho, enfio a cabeça na oficina do Quint. Vejo cordas, fios e ganchos.

— Quint, amigo, quanto tempo você precisa para criar essas armadilhas de zumbis?

— Dois dias — ele fala. — Três no máximo.

Meu estômago está se torcendo de medo. Esse é um grande problema, e eu só conheço uma maneira de lidar com grandes problemas...
EVITÁ-LOS!
Então, com dois dias (ou três, no máximo) até que possamos enfrentar O Grito, decido me lançar de cabeça no Modo Jack Agindo na Missão Bestiário.

Posso nos imaginar mostrando ao Thrull o livro terminado, empoeirado, velho e de outra terra. Prova da missão completada. Prova de que sou um fotojornalista fantástico e documentador de monstros. Eu quero essa prova!

June está ajudando Dirk a cuidar de sua pequena horta quando eu me aproximo. Dirk está choramingando sobre ervas daninhas e mastigando uma cenoura como o Pernalonga.

— Gente — eu digo. — Quint precisa de dois dias para construir suas armadilhas de zumbis. Então, enquanto estamos esperando...

Vamos agir.

Começamos em casa e trabalhamos de dentro para fora. A construção do bestiário é um processo muito sistemático. Você deve procurar embaixo das pedras, dentro de carros velhos abandonados... *em todos os lugares.*

No primeiro dia, catalogamos seis criaturas diferentes.

Na manhã seguinte, levanto cedo, antes de o sol nascer. Vou ver o Quint. Ele ainda está trabalhando em suas armadilhas. Ele faz isso à luz de velas, e parece um velho assustador.

Depois de um café da manhã com maçãs grelhadas e tortinhas doces velhas, partimos para a caçada.

Tínhamos acabado de pegar uma essência desse desagradável Lodo Selvagem...

Quando nós ouvimos de novo.
O Grito.
Ele tinha voltado.

O grito arrepiante soa mais perto... mais perto do que na casa na árvore e mais perto do que na Pizza do Joe. Eu olho para June e Dirk.

Eles me lançam o mesmo olhar. Um olhar que diz: "Vamos encontrar a fonte dessa bizarrice".

— Por aqui! — June fala.

Meu coração bate forte no peito enquanto corremos em direção ao Grito. Eu sempre fiquei em último nas corridas da escola; aliás, em todas as escolas que frequentei, sempre em último. Sabe como isso é deprimente?

Significa que eu não era apenas o garoto mais lento da escola: eu era o garoto mais lento em *dez escolas*. Havia uma possibilidade bem grande de eu ser o garoto mais lento *do país*!

O Grito é um ruído penetrante, enchendo minha cabeça como vespas zumbindo no meu cérebro. E então, do nada, ele para. Onde havia um uivo assustador e cortante, agora não há nada. Apenas o som da minha respiração pesada.

June se inclina contra o capô enferrujado e amassado de uma ambulância e recupera o fôlego. Dirk apenas fica parado.

E então outro som. Um que nunca ouvimos antes. Este não é tão alto, mas quase tão assustador. É um som quase como um arroto. Como se você arrotasse com tanta força que a caixa torácica se quebrasse.

— Mas que raios é isso... — June diz.

E então acontece.

Algo bloqueia o sol por um momento. No começo, acho que é um bando de pássaros, mas não. Seria bom se fosse. Ah, eu bem queria que fosse...

— O que é isso? — Dirk pergunta.
— Zumbis voadores? — June chuta.
— Se abaixem! — eu grito.

Corpos mortos-vivos voam pelo ar como se tivessem sido lançados de uma catapulta. June se joga no chão e rola embaixo da ambulância. Dirk e eu a seguimos. Observamos corpos de zumbis flácidos baterem no cimento.
Eu deslizo o Fatiador de sua bainha. Os zumbis aguentam qualquer coisa. Mesmo depois de cair de uma altura grande, eles ainda conseguem se levantar. Suas pernas morto-vivas ainda podem levantá-los e empurrá-los para a frente, então eu preciso estar pronto para o ataque.
Mas isso não acontece. Os zumbis simplesmente ficam caídos no cimento. Espalhados. Mortos.
Realmente mortos.
A chuva de zumbis para tão rapidamente quanto começou. Eu olho para os meus amigos. Todos trocamos olhares muito confusos e assustados. Saímos lentamente de debaixo da ambulância.
Existem pelo menos cinquenta corpos. Estou nervoso por chegar muito perto. Talvez eles não estejam *realmente* mortos. Talvez seja algum tipo de truque estranho. Alguma armadilha monstruosa.
Mas eles não se movem. Nem um pouco. Conforme me aproximo devagar, vejo toda a extensão do horror. Há um buraco do tamanho de um punho na cabeça de cada zumbi. Prendendo a respiração e tapando o nariz, agarro um e o levanto devagar.

Seu cérebro foi sugado para fora. Seu crânio agora é apenas uma tigela vazia.

Eu solto o zumbi. Seu corpo cai no chão. Eu quase vomito bem em cima.

Dirk verifica mais dois.

— A mesma coisa — ele diz. — Cérebros sugados.

Pelo que devem ter sido apenas alguns minutos, mas que pareceram uma eternidade, nenhum de nós diz nada. Nenhum de nós se mexe. Ficamos ali parados, olhando os zumbis espalhados ao nosso redor.

Eu quero ter raiva. Eu quero gritar: "O QUE ESTÁ ACONTECENDO, O QUE É ESSE GRITO, O QUE É ESSE HORROR?!?".

Mas eu tento manter a calma. Eu sou um líder.

Pelo menos, estou tentando ser.

Temos que descobrir o que está acontecendo. O que causou isto, antes...
Antes que os **nossos** cérebros sejam sugados pra fora.

capítulo catorze

Nenhum de nós fala muito enquanto voltamos para a casa na árvore. É como se de repente houvesse mais coisas neste mundo do que imaginávamos. Mais horror. Mais terror. Mais perigo. *Mais tudo.*

June, atordoada, passa as estações de rádio. Ela parece ter esquecido que não há mais rádio. Apenas estática sai das caixas de som. June finalmente desliga o botão e depois encosta a cabeça na janela.

> Sinto falta de ouvir música.

É a única coisa que alguém diz durante o passeio.

Um monstro enorme como o Blarg? Dá pra fugir disso. Dá pra se esconder disso. E se a gente precisar, consegue *lutar* contra isso.

Mas algo tão desconhecido? Algo tão ruim que suga o cérebro dos mortos-vivos? Isso nos enche de um medo gelado e sufocante.

Quando Dirk estaciona a Big Mama no quintal, Quint sai arrastando os pés da garagem. Seu cabelo está bagunçado, e a camiseta, coberta de manchas de refrigerante, como se ele não dormisse há dias. Só que ele está com um sorriso igual ao do gato da *Alice no País das Maravilhas*.

Antes que ele possa nos contar o que quer que seja, eu o paro. Todos nos sentamos. Deixo June falar, e ela detalha tudo o que aconteceu. Tudo o que vimos. Os gritos, os arrotos, a chuva de zumbis.

Quint balança a cabeça lentamente.

— Isto não é bom. No entanto — ele continua —, o momento é perfeito. Por que...

> Eu desenvolvi uma variedade de armadilhas para zumbis. Usando-as, nós PEGAREMOS um zumbi. E ESTAREMOS preparados quando O Grito gritar novamente.

— E isso significa — Quint continua — que é hora de *stalkear* zumbis.

A ideia de uma tocaia eleva um pouco meu ânimo; ajuda a empurrar a horrível visão da chuva de zumbis para o fundo da minha mente.

Entenda, desde que me lembro de existir, eu queria fazer uma tocaia. Quero dizer, uma tocaia de verdade: o que pode ser melhor que isso? Como um policial legal e grisalho. Como policiais camaradas em um filme policial! Eu já consigo até nos imaginar...

Então entramos na Big Mama, com o Rover deitado na caçamba, deixando a parte de trás bem pesada, e partimos à procura de guloseimas. Não se pode fazer uma tocaia sem comidinhas de tocaia. A gente aprende isso na primeira aula de vigilância.

No mercadinho, depois de encher nossas sacolas gigantes, June percebe algo.

— Gente, já que muitos zumbis estão desaparecendo, junto com seus cérebros, onde podemos *encontrar* um?

— Eu pensei sobre isso — Quint responde. — E é aí que a Rover entra.

Quint se ajoelha diante da grande bola de pelo e faz sua melhor imitação de zumbi. Rover inclina a cabeça de lado e olha para Quint como se ele estivesse um pouco louco. Então Rover inclina a cabeça em minha direção. Dou de ombros e também faço uma imitação terrível de zumbi.

Rover parece entender e, momentos depois, está andando pela cidade. Voltamos para a Big Mama, piso fundo no acelerador e o seguimos.

Rover para em um beco que corta duas fileiras de casas. Dirk sai da Big Mama e começa a examinar o chão. Ele entra em um estranho modo de rastreador. Então, pega um pouco de terra, peneira um pouco de grama e depois levanta um dedo.

— Rastros de zumbis — ele declara.

Eu franzo a testa.

— Como você sabe a diferença entre as trilhas de zumbis e as trilhas normais de gente viva?

— É fácil...

— Os rastros parecem recentes? — Quint pergunta.

— São de depois da última chuva — Dirk responde. — Dois, talvez três dias.

Não tenho a menor ideia de como ele sabe disso.

— Então este é o lugar — Quint declara.

Dou ré na Big Mama até invadir um quintal, que nos esconderá das Bestas, mas ainda nos dá a visão do caminho. Quint coloca a primeira armadilha em posição e então...

Peguem o lanche. É hora da tocaia clássica de cinema!

Quint sorri.

— Eu trouxe sementes de girassol. A comida definitiva para uma tocaia.

Mas, ao que parece, comer semente de girassol é daqueles gostos que precisam ser adquiridos.

PFFT! PFFFFT! PATEWW!

Isso é horrível!

Você comeu as cascas? Não pode, tem que tirar

Esqueça as sementes de girassol.

O negócio é o seguinte: estar de tocaia é basicamente comer muito mal, é comer alimentos não saudáveis que obstruem as artérias. É por isso que montei um sanduíche que chamo de... O Monstruoso. Ah, cara, todo mundo vai me invejar.

Que nojo, mano.

Como assim "que nojo"?

Tem cebolitos, deditos de chocolate ralado, apresuntado, calda de chocolate, cookies gigantes de M&M's, cereal de chocolate! Não tem como não amar!

— Não há energia nesse lixo — Dirk fala enquanto come outra cenoura de sua horta. — Você precisa de energia para lutar contra os monstros.

Solto um som que parece um gemido. Realmente não esperava esse tipo encheção de saco em uma tocaia.

Sou um cara que tem um formigueiro nas calças, então, depois de uns quarenta e cinco minutos, decido que, talvez, estar em uma tocaia não seja tão legal quanto parece.

Levo os binóculos aos olhos e observo a armadilha. Não vejo nenhum zumbi.

— Nenhuma ação — eu resmungo.

Estamos todos um pouco irritados por ficar parados lá, então June abre um daqueles pozinhos que você mergulha o pirulito, que é um alimento pós-apocalíptico perfeito, porque é apenas açúcar colorido. Ele provavelmente duraria uns dez mil anos. Vai durar mais que as baratas.

Infelizmente, nós festejamos um pouco cedo demais...

Ainda nada de zumbis! Por que não tem nenhum zumbi? Cadê eles?

Já imaginaram que talvez **nós** sejamos os zumbis, e que eles nos acham **estranhos**?

Por que mãos são tão **estranhas**? Por que só cinco dedos? Por que não temos uns, sei lá, **trinta e dois**?

Ouviram isso? Acho que ouvi alguma coisa!

Todo o açúcar que comemos está deixando o Quint paranoico. Tento falar isso para ele, mas Quint fica bravo e exclama:

— Não, eu realmente ouvi algo! E DE NOVO! ACABEI DE OUVIR DE NOVO!

Ponho a mão em concha no ouvido e tento ouvir, só para alegrar ele, mas eu também ouço. Pés arrastando. Pés de zumbi arrastando!

— Acho que encontramos um... — eu sussurro.

Um instante depois, um zumbi usando uma camisa havaiana detonada vem cambaleando pelo caminho em direção à armadilha do Quint...

ZING!

— Isso! — Quint exclama.

Sem ofensa ao meu amigo, mas ainda não acredito que a armadilha dele funcionou. Então, um segundo depois...

O zumbi se levanta de novo, pulando em um pé só e com o osso da canela muito, muito exposto. É bem horrível.

Dirk ri. Quint suspira. Um zumbi de uma perna só não serve muito para caçarmos O Grito, então deixamos pra lá.

— Boa sorte por aí, zumbi! — eu grito. — Quebre a perna!

―――――

— Certo — Quint começa a falar enquanto tira a armadilha #2 da picape. — Esta armadilha foi muito bem projetada e certamente irá capturar um zumbi. É uma armadilha de cola. *Supercola*. O zumbi pisa nela e... *SHLUCK*. Os pés ficam colados.

Demora uma hora até vermos outro zumbi, desta vez uma mulher usando jeans rasgados e um moletom velho. Ela vem arrastando os pés, então para e fareja o ar, anda um pouco mais e tropeça direto para a armadilha...

SLURP!

ARRASTA...
RASPA...

— Acho que não teremos muita sorte seguindo essa aí também — June afirma.

Quint segura a cabeça com as duas mãos. Dou uma cotovelada de leve nele.

— Tá tudo certo, amigo. Pelo menos isso foi assustador e horrível.

— Esta vai resolver! — Quint fala ao tirar a armadilha #3 da picape. Duas horas e vinte e sete pirulitos depois...

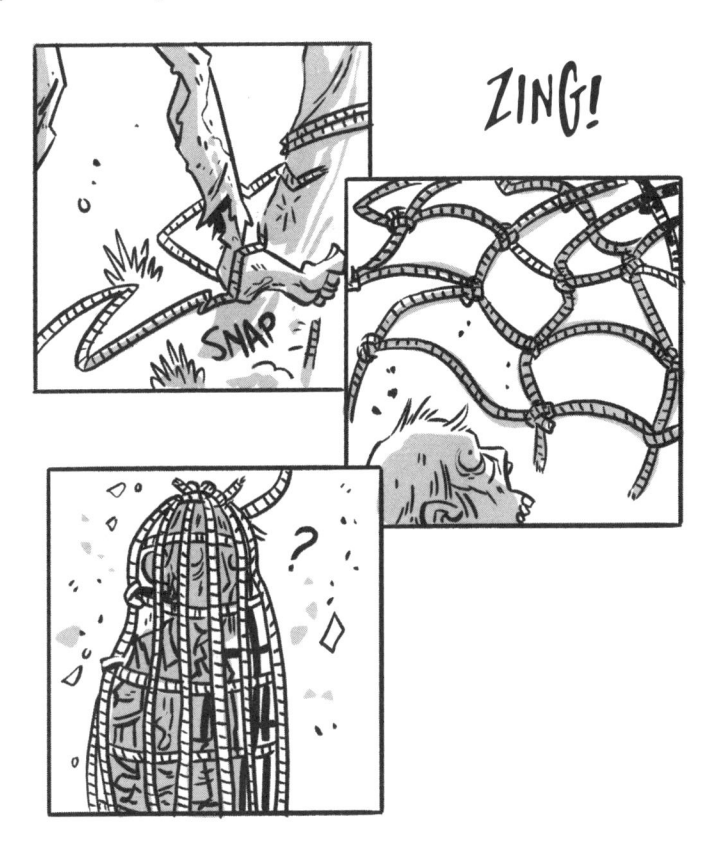

— Pegamos um na rede! — eu exclamo.

Quint sorri e Dirk dá um tapa nas costas dele. Nós saímos da Big Mama e nos aproximamos lentamente, mas o zumbi se levanta, ainda envolto na rede. Seus gemidos se transformam em um gorgolejo confuso e ele começa a se afastar, mais rápido do que nunca!

— Esta é a nossa melhor chance! — eu grito. — Peguem ele!

Nós corremos atrás do ser. Virando a esquina, estamos prestes a pegá-lo quando...

RAAARRR!!!

— Um Monstro Alado! — June grita.

Os Monstros Alados são vilões voadores terríveis... um mal puro. Suas garras afiadas agarram o zumbi pelos ombros; este cai na rede, e o Monstro Alado bate as asas e voa alto para o céu.

O monstro abre a boca mais aberta do que eu já vi qualquer Monstro Alado abrir. Preciso de uma foto disso para o bestiário! Eu cambaleio para trás e levanto minha câmera. Não há tempo para enquadrar uma foto bonita, perfeitamente iluminada e artística, então apenas aperto o botão do obturador.

Dirk me agarra pela gola, me puxando para longe.

— Nada de fotos! Apenas corra! — ele grita.

Nós giramos nos calcanhares e corremos (manobra clássica de esquiva de monstros, o velho girar e correr). Sinto a boca do monstro me agarrar, minhas calças rasgarem, mas eu forço meus pés a correrem ainda mais.

Dirk abaixa o ombro e arrebenta uma cerca, depois passa por outra e por outra. Então ficamos perfeitamente quietos até finalmente vermos o Monstro Alado decolar e desaparecer à distância.

— Gente — diz June. — Somos muito ruins em tocaias.

Quint olha para mim com um sorriso largo e assustador e olhos grandes, brilhantes e excitados. De repente, estou me sentindo muito nu.

— Olhe pro outro lado, Quint. Pro outro lado!

— Não, amigos! — ele diz, animado. — Nossa tocaia valeu totalmente a pena!

Percebo que ele está olhando para a câmera apoiada no meu peito. O visualizador de imagens mostra minha foto recém-tirada do Monstro Alado.

— Hã — resmungo.

— Eu descobri — diz Quint. — Agora eu sei *exatamente* como pegar um zumbi.

capítulo quinze

De volta à casa na árvore, todos saímos da Big Mama. Quint está *energizado*, como se estivesse chupando baterias em seu tempo livre.

Ele imediatamente se retira para sua oficina com a minha câmera. Esta é a foto pela qual ele está tão entusiasmado:

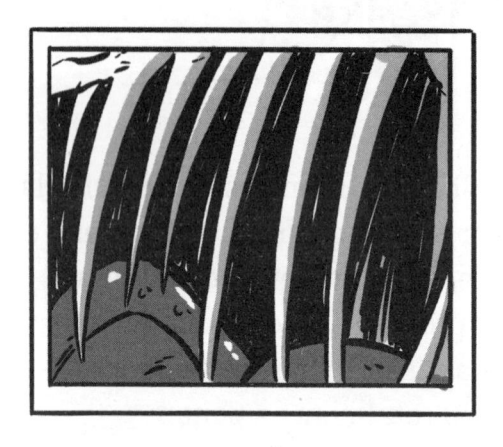

Quint diz que agora está certo de como podemos pegar (e não perder, isto é importante: não perder) um zumbi. E isso significa que podemos encontrar a fonte de O Grito.

E é só o que me interessa.

Aliás, isso e sabe o que mais? Comer. Eu me preocupo em comer.

Uma fuga-quase-mortal do Monstro Alado deixa qualquer um realmente faminto. Encontro Dirk arrancando com raiva as ervas daninhas de sua horta.

— Me passa aquele Fora-Daninhas — Dirk fala, apontando para um frasco de spray verde.

Ele detona com as ervas daninhas como se estivessem falando mal de sua mãe ou algo assim. Em segundos, as ervas daninhas murcham e viram nada. Dirk tira um tomate do caule, mergulha em um balde de água da chuva e joga para mim.

— Você sabe que não sou um grande fã de vegetais — eu digo, dando uma grande mordida. — Mas isso aqui está muito bom.

Dirk manda bala em uma cenoura.

— Pensei que você fosse virar comida de monstro lá atrás.

E ele está certo.

É verdade.

Completamente, totalmente, terrivelmente verdadeiro.

Eu penso sobre isso por um tempo. Como somos sortudos. Como as possibilidades contra nós são altas. Todos os resultados possíveis das nossas ações.

Eu vejo o olhar de Dirk.

Nós dois estamos pensando a mesma coisa...

Quero dizer, existe alguma maneira de termos sucesso aqui? Eu abri caminho em alguns encontros com monstros, é claro, mas e essa coisa que está sugando cérebros de zumbis? Atirando-os no ar como comida descartada? Essa coisa com o poder de *convocar* zumbis?

Só de pensar nisso praticamente me deixa em um estado de pânico e vontade de vomitar.

Já me decidi. Amanhã de manhã precisamos voltar à Pizza do Joe. Precisamos saber o que os monstros pensam sobre tudo isso.

— Amigos! — Quint grita. — Venham aqui embaixo!

Abro os olhos. Já é de manhã. O sol ainda está baixo no céu. Cedo. Demais.

"Espero que seja algo muito bom, Quint", penso.

Algum minutos depois, estou parado do lado de fora da oficina do Quint.

Ele colocou um grande lençol sobre uma coisa gigante que parece uma caixa. Ele parece um mágico prestes a tentar seu grande final, tipo tirar um punhado de pombas de debaixo da axila ou algo assim.

Dirk está sentado na mesa de pingue-pongue, quicando uma bola.

— Quint, cara, apenas continue com isso.

Quint, totalmente mergulhado no show de mágica, diz:

— Senhoras e senhores, tenho orgulho de apresentar o que há de melhor e mais recente na captura de zumbis...

— A Jaula dos Mortos!

— O nome não é exatamente algo que inspire confiança — eu comento.

— Eu sei — ele responde, com um suspiro. — Mas é para pegar zumbis. E eles *estão mortos*. Bem, tecnicamente, mortos-vivos... mas "A gaiola dos mortos-vivos" não tem a mesma sonoridade.

— Se você acha que vou entrar aí, você está louco — Dirk interrompe. — Eu fico claustrofóbico.

Quint sorri.

— Não! Ninguém precisa entrar! Ninguém precisa arriscar a vida. Por causa da... REVELAÇÃO NÚMERO DOIS!

Com um floreio dramático, Quint estica o braço dentro da gaiola e puxa um segundo lençol, revelando uma espécie de espantalho estranho e vagamente realista.

Todos nós chegamos mais perto. Não posso mentir, minha curiosidade foi aguçada.

— O que diabos é isso? — pergunto. — Parece um espantalho. Tirando uma soneca.

Quint ri.

— É, de fato, o completo oposto de um espantalho. Você pode dizer que é um "atraidalho"!

— Parece meio familiar... — comento.

Dirk coça a cabeça.

— Sim, tipo alguém que conhecemos.

De repente, June grita.

— COMIGO! Parece comigo! Quint, essa coisa está vestindo minha camiseta! E minha calça!

— Eu sei! — Quint responde e sorri como se estivesse orgulhoso disso. — Eu chamo de "June, a Isca".

June, a Isca!

— O boneco tem cheiro de humanos! — afirma Quint. — E aos olhos inocentes do zumbi, esse boneco vai parecer um jantar!

— Quint, talvez você possa explicar *por que* roubou as roupas da June e vestiu uma pilha de lixo como elas? — pergunto, tentando evitar que Quint leve um soco no nariz.

— É simples! — ele responde. — Vejam só...

1. O Zumbi fareja June, a Isca.

2. O Zumbi vem cambaleando.

3. O Zumbi vê e acha que é um humano.

4. O Zumbi entra na jaula.

5. Ele tropeça no fio no chão da jaula.

6. BANG! A jaula fecha e temos um zumbi!

— Fácil, fácil, extremamente fácil! — Quint exclama. — Zumbi capturado. Tive a ideia quando vi a foto dos dentes do Monstro Alado. Pareciam uma gaiola! De mandíbulas! Agora vamos plantá-la.

Balanço a cabeça negativamente.

— Precisamos ir à Pizza do Joe hoje. Depois de O Grito, depois dos cérebros sugados dos zumbis, quero saber o que o Thrull acha disso.

— Tudo bem — Quint concorda. — Então, vamos montar a armadilha na rua, aí na frente.

Dirk arrasta toda aquela coisa ridícula pelo quintal e para a Rua Prescott. Quint se ajoelha cuidadosamente e aciona a armadilha. Com alguma sorte, teremos um zumbi em pouco tempo.

— Tchau, falsa June! — Quint grita enquanto nos dirigimos para o Joe.

June resmunga:

> Odeio a June, a Isca.

capítulo dezesseis

Achamos Thrull nos fundos, sentado junto com Bardo. Eles estão jogando algum jogo de monstro com insetos grandes, tipo baratas laranja-neon. Eu puxo uma cadeira.

— E aí, caras!

— JACK! VAMOS COMEÇAR UM JOGO DE CHECKERS. QUER JOGAR TAMBÉM?

— Ahh, acho que nunca aprendi esse...
— Podemos conseguir algo para você e seus amigos engolirem, então? — Thrull pergunta.
— Você quer dizer algo para comer?
— Sim. "COMER". Essa é a palavra. Querem? Estou comendo őţťœŗěŷę — Thrull fala enquanto sacode algo em minha direção; parece uma série de globos oculares em um espeto de madeira.

> Hã, você não tem palitinho de queijo?

Thrull me lança um olhar confuso.
— Ah, sabe de uma coisa — eu falo. — Na verdade, já comi antes de sair de casa.
Thrull dá de ombros e engole um globo ocular. Eu vejo sua garganta inchar quando, por um momento, a coisa parece se alojar em seu esôfago. Thrull tosse, engole e empurra o olho para baixo. Monstros, cara... não tenho certeza se vou me acostumar com eles.

— Precisamos conversar com vocês — começo a falar, tentando voltar ao ponto. — Vimos algumas coisas estranhas recentemente; achamos que vocês saberiam mais do que a gente sobre isso.

Thrull e Bardo trocam olhares. E são olhares preocupados, ou eu acho que são, pois é difícil dizer com esses rostos de monstros. Ainda estou aprendendo a ler todas as expressões diferentes. A única que definitivamente reconheço é *fome*.

Quint empurra sua cadeira para a frente, e ela faz um barulho estridente e desagradável. Animado, ele diz:

— Ontem, meus amigos encontraram uma pilha de zumbis na rua, com o cérebro retirado ou sugado. Totalmente sem!

Bardo se inclina para a frente. De repente, ele parece não se importar com o jogo.

— Você diz... com o cérebro removido?

Dirk assente com a cabeça.

— Foi bem horrível.

Os olhos estranhos de Bardo piscam rapidamente. Um dedo começa a bater suavemente na mesa. Eu me pergunto... será que ele está nervoso?

— E os zumbis estão desaparecendo! — Quint completa.

E então, subitamente parecendo muito consciente de que está sendo observado, Bardo se inclina para trás. Ele está tentando parecer relaxado?

— Não tenho ideia do que possa ser — ele responde.

Eu quero dizer a ele o óbvio, mas estou meio nervoso. Felizmente, June não é tão tímida. Então ela fala:

— Parece... bom, parece estranho que bem quando vocês surgem aqui, isso comece a acontecer. Passamos pelo Joe há um mês e estava vazio, mas agora... — Ela não diz isso de forma acusadora ou nada assim, mas também não diz exatamente no tom mais amigável.

— Está dizendo que passaram a ouvir esse grito depois que chegamos? — Bardo pergunta.

— Uma simples coincidência, tenho certeza.

Eu paro e recupero o fôlego. Meu coração começa a bater forte no meu peito e de repente me sinto muito ansioso. O que Bardo acabou de dizer? Por fim, finalmente eu falo.

— Hum... Sr. Bardo? Nenhum de nós mencionou O Grito...

Os olhos de Bardo se estreitam.

— Não... — ele diz lentamente. — Não, claro que não. Devo ter entendido errado.

Atrás de mim, ouço Dirk estalar os dedos.

Thrull deixou de lado os globos oculares e agora está puxando a carne de algum tipo de criatura parecida com um pássaro. Ele chupa o caldo. O cheiro da carne queimada é avassalador.

Bardo se recosta lentamente na cadeira. Há um som de rangido, não tenho certeza se é da cadeira ou dos ossos dele.

— Apenas um simples mal-entendido — ele fala.

A tensão é tão espessa que você pode cortá-la e cozinhá-la para o jantar.

Thrull dá um enorme gole em sua bebida e bate o copo vazio sobre a mesa. Então agarra sua bengala, meu taco de hóquei, e se levanta.

— Já ouvi o suficiente! — ele rosna. — Se alguma criatura imunda estiver jantando os zumbis, eu a encontrarei em batalha! Isso é um risco para mim. Isso coloca Jack e seus amigos em risco. Isso coloca *todos* nós em risco. Estamos nisso juntos, Bardo, não estamos?

— Claro — Bardo responde.

— Então eu vou encontrar esse inimigo — Thrull afirma com naturalidade. — E vou destruí-lo.

Thrull dá um passo, mas sua perna cede rapidamente. Ele cai para a frente, tenta se apoiar em uma mesa, mas a mesa vira e Thrull cai no chão.

Todos os monstros na Pizza do Joe se viram.

Bardo observa Thrull. Eu estudo o rosto dele, tentando ler aquele estranho monstro velho. Assim que Thrull tenta se levantar, e falha, acho que vejo o lábio de Bardo se torcer em um sorriso leve e sutil.

Desvio o olhar e volto a me concentrar em Thrull. É duro ver aquele cara enorme, que, ao que parece, já foi um grande guerreiro, enfraquecido desse jeito.

> É MEU TRABALHO LUTAR CONTRA O MAL! MAS ESTOU IMPRESTÁVEL! **IMPRESTÁVEL**

TUUUM!

Estendo a mão e tento ajudar Thrull a se levantar, um gesto amigável que quase faz minhas costas desistirem de viver. Cinco outros monstros correm e, juntos, conseguimos levá-lo de volta ao seu lugar.

— Vão, podem ir, vão embora — Thrull fala, espantando os monstros com raiva. Ele rapidamente volta a jantar seu pássaro carbonizado.

Sinto uma dor no fundo da garganta... Thrull está machucado por nossa causa. Eu gostaria de poder voltar e mudar o que aconteceu naquele dia no shopping com o Vermonstro. Eu gostaria que tivesse sido *eu* a salvar meus amigos.

Finalmente, sem saber o que mais fazer, bato com os nós dos dedos contra a mesa.

— Vamos deixar vocês com sua comida fedida. Temos uma missão a completar. A propósito, Thrull, estamos fazendo um grande progresso no bestiário. Terminaremos em pouco tempo! Mais uma vez obrigado por nos dar. Foi um
ótimo presente.

Estou tentando animar o grandalhão e parece que funcionou. O cenho zangado de Thrull se transforma em um sorriso.

— Bom trabalho! — ele fala. — Muito bom!

— E, Bardo — eu continuo —, me desculpe pelo mal-entendido com toda essa coisa do grito.

Bardo faz um aceno.

— Sem problema.

Vamos em direção à porta, mas, quando saímos, olho de novo para Bardo. Ele está me encarando. Seus olhos parecem penetrar na minha pele e procurar na minha alma... sim, é *sério* desse jeito.

Eu me viro.

Saindo da Pizza do Joe, meus amigos e eu conversamos sussurrando.

> O Bardo sabe mais do que contou.

> Acho que está envolvido com a marcha dos zumbis e os cérebros sugados.

Passando pelo supermercado, pego uma pedra e a lanço na rua. Ela bate em uma caixa de correio amassada e depois bate na lateral de um Toyota capotado.

— E agora? — pergunto, desanimado. — Quero dizer, se é mesmo o Bardo quem está sugando cérebros de zumbis, pode ser um grande problema para nós! Podemos ser os próximos!

— Não temos certeza de nada ainda — Quint fala.— Bom, mas precisamos descobrir algo antes que a gente acabe...

— MORTO-VIVO! — Dirk exclama.

— Não, Dirk — eu o corrijo. — Bardo não vai nos transformar em zumbis. Ele só nos *mataria* mesmo.

Dirk aponta para a frente.

— Não, cara, um MORTO-VIVO! Um ZUMBI! BEM ALI!

E então eu vejo. Quando viramos a esquina, chegamos na nossa armadilha de zumbi. E então...

— Não acredito que funcionou — eu falo.
Quint sorri.
— Acredite, meu amigo! Meu intelecto é superior!
— Eu não estava falando mal do seu intelecto.
— Nunca fale mal do meu intelecto.
— VOCÊS PODEM PARAR DE FALAR SOBRE INTELECTOS? — June exclama. — Tem um zumbi

na jaula mordendo uma versão empalhada falsa de MIM e isso está me enlouquecendo.

— Vamos lá — Quint fala. — E rápido. Vamos levar a coisa para casa. Com sorte, logo ouviremos O Grito de novo. E *então* saberemos que está por trás disso.

— Eu trouxe o rango! — exclamo, correndo para a oficina de Quint com pipoca fresca da nossa fogueira. Todos nós nos sentamos no sofá e observamos o zumbi. É claro, passamos muito tempo fugindo de zumbis, socando zumbis, detonando zumbis, mas nunca realmente *estudamos* os zumbis.

— Então — eu digo —, posso ser eu a fazer a pergunta estúpida?

— É você geralmente quem faz — Quint responde.

— Então, tipo... agora que pegamos um zumbi... podemos transformá-lo no nosso mordomo?

Dirk sorri.

— Mordomo zumbi. Gostei. Sempre quis um mordomo. Nada diz mais que a pessoa tem classe do que um mordomo.

— Jack, ele nos morderia — Quint fala. — E então viraríamos zumbis.

— Talvez vocês — eu digo. — Mas eu sou bem rápido. Vocês três seriam zumbificados e eu teria QUATRO mordomos zumbis. Então eu viveria como um rei.

— Jack, você é insano e eu adoro isso — June fala — Mas não.

— Tá bom, mas eu vou chamar esse carinha de Alfredo. É o meu nome favorito de mordomo.

Todos parecem gostar do nome Alfredo.

Enquanto meus amigos continuam estudando nosso novo mordomo zumbi, levo Rover para passear. Preciso esfriar minha cabeça depois das coisas estranhas na Pizza do Joe.

Eu quero que O Grito volte logo, mas não posso fazer isso acontecer. Tudo o que posso fazer é me manter ocupado. Então, quando voltamos para casa, tiro o Fatiador da bainha e digo...

> Temos um bestiário a completar! Vamos nessa.

capítulo dezessete

Só porque *eu* quero ir fazer nossa missão do bestiário, não significa que meus amigos também queiram. Eles estão totalmente focados na coisa sugadora de cérebros e tals, e parecem satisfeitos em ignorar o bestiário e observar o Alfredo o dia todo.

Mas depois de quase uma semana sem O Grito, convenci Quint a se libertar de seu estudo do Alfredo e a criar novas ferramentas de caça a monstros.

Depois que June e Dirk ganham um monte de geringonças matadoras, eles ficam na mesma sintonia que eu, desejando algumas missões heroicas...

Ferramentas, pessoal. Para descobrirmos novos monstros.

A semana seguinte é um turbilhão! Um turbilhão de coisas! Quint continua construindo novos dispositivos de caça e rastreamento de monstros, enquanto Dirk, June e eu saímos para as linhas de frente documentando e catalogando as novas feras.

Encontrar um monstro, tirar uma foto, observá-lo e documentar seu comportamento... você pode fazer tudo isso de longe, mas conseguir a ESSÊNCIA dele... uma gota de suor, uma mecha de pelo, isso não é nada fácil...

> Só fica parado e me deixa tirar um pelo! Vamos, é só um! Não é pedir muito, é?

Procuramos em casas, lojas e escritórios. Abrimos caixas de correio e vasculhamos garagens, qualquer lugar onde possa haver espécies ainda desconhecidas de feras. Nós até retornamos ao Velho Cemitério Sul, onde recupero um dos espinhos do Monstro Olho Cabeludo.

Cada caçada diária revela novas criaturas, grandes e pequenas. Literalmente...

— Hã, acho que encontramos um...

— Eu também!

Alguns dos pequeninos são realmente adoráveis. Encontramos uma pequena família peluda de bolinhas fofas.

— Olhe só para elas! — June fala esfregando uma. — Elas são tão fofas.

Dirk imediatamente se torna doce.

— Vamos levá-los para casa conosco. Eles podem ser amigos do Rover!

Mas, como aprendemos um segundo depois, fofo não é necessariamente igual a amigável.

Os grandes monstros, aqueles que são apenas, tipo, gigantes brutais, são mais difíceis de lidar. Felizmente, Quint não nos deu *apenas* aparelhos de rastreamento.

Ele nos deu armas.

Quint nos armou até os *dentes*.

Eu até consigo recuperar um canhão de camisetas da sala de suprimentos de futebol americano da escola. Eu sou meio *obcecado* com canhões de camiseta. Fui a um jogo de basquete do Boston Celtics uma vez, com uma antiga família adotiva, e a única coisa de que me lembro eram as dançarinas arremessando camisetas nas arquibancadas, tipo a uns 60 metros de distância!

Quint transforma nosso canhão de camisetas no Lançador de Cola, Retardante de Gosma, e isso é muito útil quando encontramos o Bolhão da barriga grande na loja de conveniência.

Lançador de Cola, Retardante de Gosma

- Canhão lança-camisetas modificado.
- Adesivos de cara durão.
- Tanque de CO^2.
- Apoio ultra confortável.
- Redutor de coice.
- Carregador de cola. Suporta até 1L.

O Bolhão abre a boca disforme e lança bolas esquisitas de gosma. Seis tiros duplos de cola depois, o Bolhão está se afastando, diminuído a quase nada, e temos um pequeno recipiente carregado com a gosma dele para mostrar.

Uma tarde, June declara:
— Está faltando música na minha vida.

Meu estômago se revira. Receio que seja uma declaração muito ampla e profunda sobre o estado de espírito dela pós-apocalipse. Presumo que "música" seja uma metáfora da felicidade, da alegria ou de algum sentimento de satisfação.

Eu tento confortá-la...

> June, estou aqui se precisar. Meu coração é um gibi aberto. Abra o seu coração e vamos falar dos nossos sentimentos. Da perda, das tristezas, do...

> Jack, tô falando de música mesmo.

— Aah.

— Sabe o pequeno sistema de alto-falantes que temos na casa na árvore para que vocês possam jogar *Street Fighter* com som? — ela pergunta. — *É exatamente isso. Eu quero dançar! Eu preciso das minhas músicas!*

Bem, isso foi muito menos emocional do que eu esperava. June diz que tinha um vizinho que tinha, como ela descreve, "UM SISTEMA DE SOM BOMBÁSTICO".

Após um longo dia de estudos do bestiário, Dirk dirige a Big Mama em direção à antiga casa de June. A porta da frente do vizinho está coberta com uma gosma azul-púrpura pegajosa. Coloco um pouco em um dos frascos de Quint. Parece Essência de Monstro, igual a muitas que já vi.

— Tem certeza de que queremos entrar aqui? — Dirk pergunta.

— Você está com medo? — June pergunta de volta, cutucando ele.

Dirk encolhe os ombros.

— Fede a coisas ruins lá dentro.

Eu abro a porta. June quer esse sistema de som, então vamos *conseguir* esse sistema de som.

O que nos espera lá dentro é nojento. Quint nos construiu cerca de 87 geringonças, mas não tem uma única para combater odores excessivamente desagradáveis.

As paredes estão repleta de insetos. Só que esses não são insetos comuns, baratas ou cigarras, nem nada já visto na Terra. Isso é *outra* coisa. Já viu um daqueles programos do Discovery Channel sobre as criaturas mais estranhas do mundo? Sabe, tipo aqueles insetos microscópicos com vinte dúzias de braços?

Imagine isso, mas triplique o nível de estranheza.

As paredes parecem se mover e rastejar. O chão é como um tapete longo e trêmulo. Criaturas larventas rolando. Insetos com tentáculos estalam e se arrastam apressados.

— Não — diz Dirk, falando através de sua camiseta, que ele puxou sobre o nariz. — Nenhum sistema de som vale isso.

— Mas está logo ali! — June fala apontando para a sala, no final do corredor.

Apesar de todo aquele horror, temos *aqui* a chance de coletar amostras de uma infinidade de pragas fétidas.

— Vocês pegam o aparelho de som — eu falo. — E eu vou estudar alguns insetos. E tentar não vomitar no processo.

Enquanto eles andam como podem pelo corredor, eu começo a usar o aparelho Coletor de Essências do Quint.

Odeio isso, odeio isso, odeio isso!

Vejo uma trilha de gosma que desaparece sob uma porta dupla de abrir. A cozinha, eu presumo.

Prendendo a respiração, abro a porta. As paredes parecem *deslizar*. Cada centímetro do chão, cada centímetro dos armários, cada centímetro da pia, tudo está repletos de larvas monstruosas.

Assim que entro, os insetos começam a se reunir. Se acumular, se reunir, se unir para formar algo de pesadelo.

O vômito começa a subir pela minha garganta. Eu tento correr, mas o horror na minha frente é grande demais...

De repente, sou levantado do chão. É o Dirk!

— Temos que sair daqui, garoto! — ele ruge para mim.

— Hã, ārrã! — eu balbucio.

June carrega dois enormes alto-falantes, e Dirk me carrega enquanto corremos pela porta da frente. Um som nos segue: uma espécie de explosão molhada.

Corremos para a Big Mama e então aceleramos direto para casa. Não falo nada e nem eles, mas todos sabemos o que aconteceu: desta vez ELES

ME salvaram. Eu teria sido comido sem eles. Seria a porcaria de uma comida de inseto!

Talvez meus amigos não precisem de mim tanto quanto eu pensava. Talvez seja *eu* quem realmente precise *deles*.

Talvez eu possa confiar neles para permanecerem vivos por conta própria, mas ainda assim... E se eu fizer isso, e então eles se machucarem? Ou forem comidos? Ou picados? Ou zumbificados?

O que acontecerá?

De volta à casa na árvore, Dirk e June montam os alto-falantes. Haverá uma festa com dança, anuncia June.

"Eles podem dançar o quanto quiserem", eu penso. Contanto que se mantenham seguros. E desde que estejam lá para salvar *meu traseiro* quando eu precisar ser salvo.

E quanto a mim? Vou tomar banho por umas dezessete horas. E nunca mais vou ler outro gibi do Homem-Formiga.

———

Nossa missão é cansativa. Parte perigosa, parte aterrorizante, parte fascinante, uma diversão frenética.

Mas não consigo parar. Porque uma vez que eu paro, começo a pensar no Grito. O Grito e a imagem que não consigo esquecer: a imagem de zumbis com o cérebro sugado pra fora da cabeça.

Tudo o que posso fazer é esperar. Aguardar com o Alfredo. Aguardar O Grito retornar para que possamos resolver esse mistério...

Ouviu algo? Algum som de assobio?

BLURG.

Eu também não.

Estamos todos deitados no quintal em uma tarde nublada, revendo o bestiário, adicionando um registro para um monstro esquisito que chamei de Dedão Gigante, quando viramos a página e percebemos...

Está completo.

— Nós terminamos — Dirk fala.

June sorri orgulhosamente.

— 232 registros.

Quase três semanas após o início da caçada, estamos machucados, detonados e exaustos, mas o bestiário está terminado.

MISSÃO COMPLETA!

Mas e a nossa busca pela fonte do Grito?
Não fizemos nenhum progresso.
Mas eu continuo esperando.

Seguro minha arma quando vou dormir, pois sei que, em breve, o vilão vai aparecer...
E quero estar preparado.

capítulo dezoito

> Acho que meu controle tá morrendo. Você está tendo problemas com o controle? Estou definitivamente com problemas no controle.

> O problema é sua habilidade, amigo.

Já passa da meia-noite. A lua está grande no céu... uma lua de sangue, acho que é como chamavam, e raios de luz azul brilham através das janelas.

Dirk e June estão dormindo profundamente, mas não consigo cochilar, então Quint e eu estamos jogando *Mario Kart*. Estou saindo de um *drift* poderoso quando ouço algo. Pelo menos, acho que ouvi algo. Clico no botão START.

— Ei, você pausou! — Quint exclama. — Bem quando eu estava passando por cima do grande salto! Não é justo, amigo! Eu vou sair do salto na curva e...

— Shh! — faço para ele. — Cara, você ouviu isso?

— A única coisa que ouvi foi você me roubando uma concha vermelha — Quint fala.

Eu desligo a TV.

Poderia jurar que ouvi alguma coisa, mas tudo o que ouço agora é o ronco do gerador. Saio para o deque e o desligo. O gerador engasga, tosse e arrota a fumaça... e depois fica quieto.

Quint espia pela porta.

— O que foi?

— Talvez minha mente pregando peças em mim... — Eu começo, mas sou interrompido por um som de batida e tilintar, seguido por um gemido alto e sufocado.

Quint e eu olhamos um para o outro, confusos, e então, ao mesmo tempo, percebemos:

— Alfredo!

Nós corremos para a garagem...

Nosso mordomo sem cérebro tenta andar para a frente, mas simplesmente bate a cabeça contra a jaula.

— É como se ele estivesse em transe — Quint fala. — Será que ele está ouvindo O Grito?

— Bom, eu não ouço. Você tá ouvindo?

— Não...

Mas então começa. O grito furioso e feroz enche o ar mais uma vez.

É hora de liberar o Alfredo e chegar ao fundo desse mistério. Mas e se o deixarmos ir e o perdermos? Eu sei que ele é apenas um zumbi, mas ele é *nosso* zumbi.

Eu olho para Quint, e ele está sorrindo como se estivesse lendo minha mente. Ele segura um capacete de bicicleta. Na parte de trás há uma luz brilhante.

— De jeito nenhum vamos perdê-lo na multidão com isso — diz Quint.

Eu concordo.

— Bem pensado.

— Você coloca o capacete no Alfredo — Quint fala ao sair correndo da sala. — Precisamos nos apressar antes do fim dos gritos. Vou acordar o Dirk e a June.

— Não, espera — eu digo rapidamente. — Não chame a June e o Dirk. Eu não... eu não quero arriscar a vida deles.

Quint me lança aquele olhar.

Eu baixo a cabeça, tentando evitar seu olhar acusador, e me lembro de como June e Dirk me salvaram do monstro inseto. Como eu teria dançado sem eles. E eu lembro que, tentar fazer isso sozinho é uma boa maneira de acabar, bem, *não mais tão vivo...*

— Certo, boa ideia, Quint — eu finalmente digo. — Acorde eles.

Quint me dá um grande sinal de positivo com os dedões e depois se vira e sai, me deixando sozinho com o Alfredo. ESTÁ BEM... Hum. Certo. Sem problemas. Só preciso colocar um capacete em um zumbi.

Eu me aproximo da jaula dele.

— Ei, Alfredo! Você vai nos ajudar a salvar o dia. Só preciso deixar você sair se você não me morder, tá bom?

Eu paro enquanto tento descobrir como fazer isso.

Quando Quint retorna com Dirk e June, os três caem na gargalhada. Estou empoleirado no topo da jaula, segurando o capacete, tentando descobrir como abrir a porta simultaneamente e soltar o capacete na cabeça do Alfredo.

— June, eu bem que gostaria da sua ajuda aqui — eu peço. — Distraia ele.

— Como você espera que eu o distraia?

— Estique o braço. Faça uma dancinha ou sei lá. Ele é zumbi e quer morder. Chame a atenção dele!

— Não vou dançar pra esse zumbi.

— Nem eu, porque eu não danço. Ninguém perguntou, mas pra deixar claro.

— Tá bom, tá bom — eu falo. — Todo mundo atrás da jaula. Vou abrir e largar o capacete.

E isso funciona. A porta se abre com um tinido. Rapidamente, afasto minha mão e largo o capacete na cabeça podre do Alfredo. A luz na parte de trás do capacete pisca quando Alfredo se aproxima do portão da frente.

Pulo da jaula, corro até a casa na árvore, calço um par de luvas de malha para ação projetadas pelo Quint (para evitar mordidas de zumbis), agarro o Fatiador e, um momento depois...

Muito bem, pessoal. É hora de descobrirmos onde essa marcha de zumbis termina...

Entramos na Big Mama. Dirk dirige devagar, ficando um ou dois quarteirões atrás de Alfredo o caminho todo. Desta vez, estamos sendo espertos. E nós NÃO estamos entrando em nenhum cemitério.

Verifico o relógio do painel. É quase uma da manhã. Estamos dirigindo há quase uma hora. O Grito continua. E Alfredo ainda continua andando.

Logo a rua está cheia de mortos-vivos. Há mais deles aqui do que vi em um mês. Desde que os zumbis começaram a desaparecer.

June suspira.

— É *mesmo* como uma marcha, ou um desfile.

— E não do tipo divertido com balões — murmuro.

Perto dos limites da cidade, uma ponte estreita de duas faixas atravessa um riacho. Depois dele há uma floresta. Não estamos muito longe do local onde, semanas atrás, fomos apanhados naquela súbita chuva de zumbis com os cérebros sugados.

Esperamos que todos os zumbis atravessem a ponte e Dirk lentamente leva nosso carro através dela.

Uma floresta densa surge diante de nós, com raios de luar brilhando entre os troncos e ramos. Não é a visão mais convidativa.

— Vamos ter que ir a pé a partir daqui — eu falo, mal escondendo o mal-estar na minha voz. Deixamos a Big Mama na beira da floresta e nos enfiamos na mata.

Deve haver uns duzentos zumbis se movendo pela floresta. Pela maneira como se movem, com obstinação militar, dava para pensar que alguém estaria distribuindo jantares de carne grátis.

Fico de olho na luz piscante do capacete de Alfredo enquanto caminhamos pela floresta. Andamos por quase uma hora quando June me dá um tapinha no ombro, aponta e diz:

— Ali na frente. Uma clareira.

Nós nos esgueiramos em frente.

O Grito está mais alto agora. Ele sacode as árvores e praticamente penetra na minha alma.

E então eu vejo.

A fonte.

A coisa que estamos caçando.

Eu fico zonzo. É como se eu tivesse bolhas de refrigerante na minha cabeça. Dirk agarra meu braço.

É uma árvore. Ela está bem na entrada da clareira. O grito está vindo *dessa árvore*.

Mas essa árvore não é como nenhuma outra que alguém já viu antes, não nesta Terra...

Ela se eleva do chão como uma mão bizarra, branca, retorcida e coberta de Trepadeiras latejantes e pulsantes. Os galhos são como ossos. A madeira está apodrecida. A árvore em si quase parece zumbificada. Como se apodrecesse, mas nunca realmente *morresse*.

No topo, os dois maiores e mais longos galhos estão dobrados e quase parecem mãos fechadas. O Grito parece vir dali: do vento, passando pelo estranho e perfeito círculo de madeira retorcida.

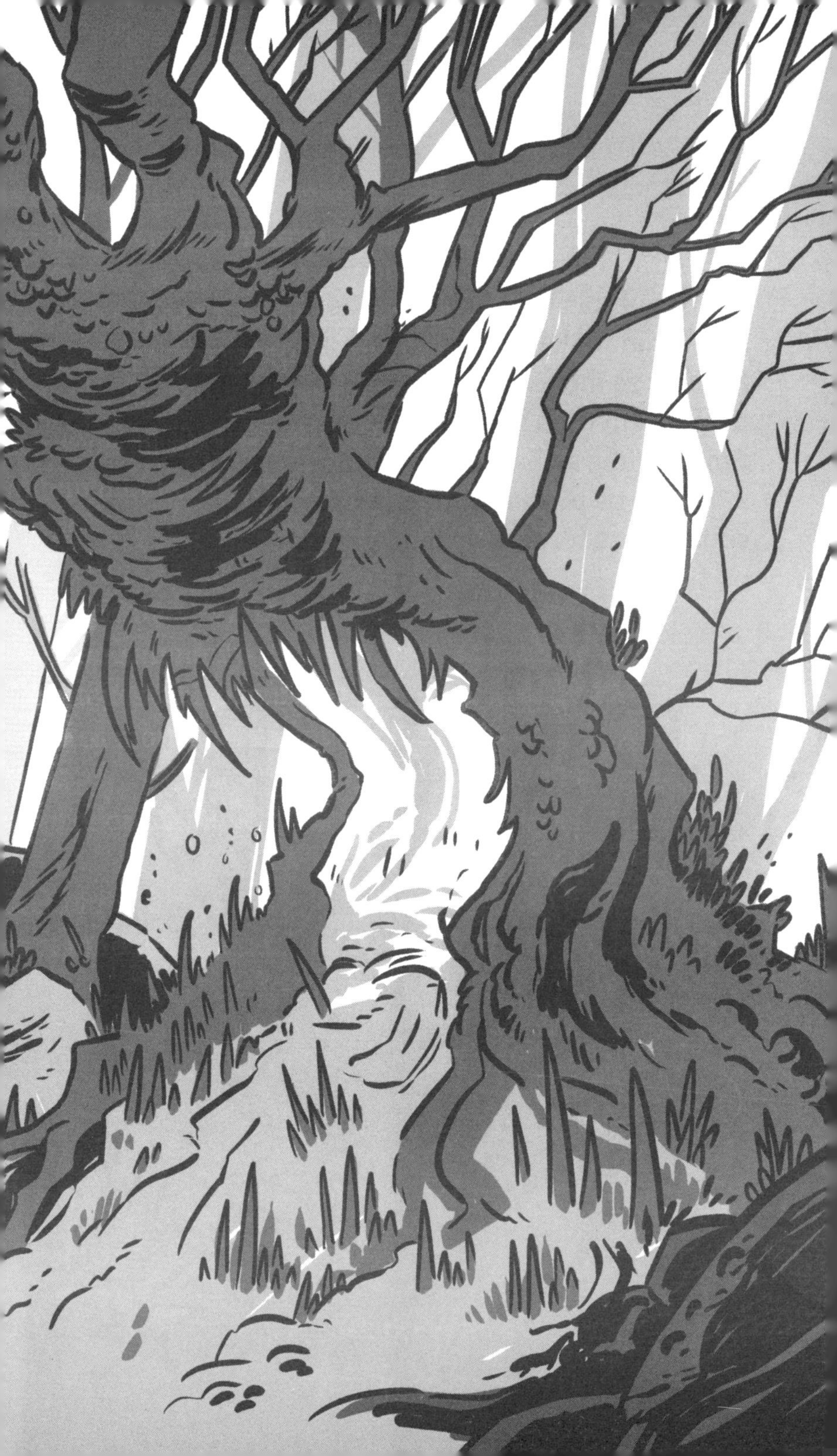

— As Trepadeiras! — Dirk exclama observando os tentáculos retorcidos se projetando dos galhos. — As Trepadeiras monstro são parte dessa coisa.

E então, com um horror arrepiante, vemos *por que* os zumbis foram convocados. Quando cada zumbi cambaleia para a clareira, os galhos das árvores se movem e esticam. Então estalam e descem em uma série de movimentos arrepiantes. Em seguida, as Trepadeiras atacam, agarram os zumbis e os puxam para cima. Os galhos se abrem, como bocas ferozes de madeira e sugam os zumbis.

— Está... está comendo os zumbis... — June fala.

E com cada zumbi engolido, a casca racha e estala e a árvore incha e cresce. Os zumbis são comida. A árvore está aumentando.

Um som de madeira estalando surge. O chão treme, o topo da árvore se abre e...

— É por isso que choveram zumbis na gente aquele dia — June afirma. — Quando a árvore termina de sugar os cérebros, ela cospe os zumbis.

— Onde já se viu uma árvore monstro que tem frescura pra comer... — comento.

E então outro som. Este, mais alto que o devorador de zumbis. É um tipo de som sobrenatural e desumano.

As nuvens se mexem no céu. A lua brilha mais. E então nós vemos. Há uma criatura de joelhos, em frente à árvore. Estranho, alienígena, com palavras monstruosas surgindo dos pulmões da criatura.

Todos nós percebemos, juntos, com um engasgo repentino... a criatura cantando é Thrull.

capítulo dezenove

Thrull?

O que Thrull está fazendo aqui? O Bardo era quem parecia ter algum conhecimento oculto do Grito.

— Ah não! — June fala, me trazendo de volta à realidade. — Alfredo!

Entre as árvores, vejo o capacete de bicicleta do Alfredo. Ele está entrando na clareira. Cambaleando para virar comida...

Meu mordomo! Nenhuma árvore má vai comer meu mordomo! Quint agarra minha camisa.

— Não, Jack.

Eu me solto e começo a me esgueirar pela borda da clareira. A cada momento, há um *SCHLURP* doentio e um gemido uivante enquanto outro cérebro de zumbi é devorado pela árvore. O canto de Thrull fica cada vez mais alto...

Vou na ponta dos pés até a clareira. Chego atrás do Alfredo como se estivesse fazendo alguma coisa no estilo de *Assassin's Creed*, mas não vou matar ninguém, estou salvando alguém.

Flexiono os dedos, sinto a malha da luva contra eles e então...

Alfredo instantaneamente morde minha mão, e eu realmente espero que as luvas de malha de Quint sejam tão fortes quanto ele prometeu. Os calcanhares de Alfredo traçam duas trilhas ásperas na terra enquanto eu o arrasto de volta para a escuridão.

Quando o último zumbi é engolido, com exceção de Alfredo, Thrull para de cantar e começa a falar. E o que ele diz é apenas... nossa...

> ÁRVORE DO ACESSO, OUÇA MINHAS PALAVRAS.

> PLANTEI VOCÊ SEMANAS ATRÁS. VOCÊ SE ALIMENTOU DE ZUMBIS HUMANOS PARA PODER CRESCER.

> AGORA ESTÁ PLENA. AGORA, VOCÊ É O PORTAL.

> O PORTAL QUE TRARÁ Ṛeżżőcħ, O ANTIGO, O DESTRUIDOR DE MUNDOS, A ESTE MUNDO.

Engulo em seco.
Santa. Reviravolta.
Ṛeżżőcħ, o Antigo? É o cara malvadão de que o Bardo falou. E o Thrull está tentando trazer ele pra cá?!?

Então Thrull é um servo de Ṛeżżőcħ, igual ao Blarg! E está usando esta árvore para trazer Ṛeżżőcħ para o nosso mundo!

Os dois galhos grandes no topo da árvore se separam, estalando, como dedos antigos se abrindo. Eles sobem lentamente para formar um V alto acima da árvore.

Os galhos brilham em vermelho e azul quando raios de energia começam a pular entre eles.

Nessa estranha janela de luz cintilante e tremeluzente, um rosto escuro e embaçado aparece. Um rosto desumano. E quando começa a falar, percebo com horror, que estou olhando para o rosto de Ṛeżžőcħ, o Antigo, chamando Thrull de outra dimensão.

> MAS E A CHAVE? QUAL CHAVE SERÁ USADA PARA ABRIR A ÁRVORE DO ACESSO E ME LEVAR A ESSE MUNDO?

Olho em direção ao Quint e murmuro:

— Chave?

Quint apenas dá de ombros.

— Ṛeżżǒcħ, meu senhor — Thrull fala. — Sou seu servo.

— *MAS E A CHAVE?* — A voz repete. — *PRECISO VER ESSE MUNDO POR MIM MESMO, E NÃO POSSO ATÉ QUE VOCÊ ABRA O PORTAL.*

— Um grupo de crianças está completando o bestiário — Thrull explica. — Eu enchi o bestiário de energia mágica. Quando estiver completo, as essências das criaturas dentro dele transformará o livro na chave.

De repente, quando entendo o que está acontecendo, um caroço se forma na minha garganta...

Thrull está usando a gente!

— *TENHO FOME* — Ṛeżżǒcħ fala. — *NOSSO MUNDO ESTÁ VAZIO. QUANDO ENTRAR NESSE NOVO MUNDO, PRECISO COMER.*

— Sim, Ṛeżżǒcħ — Thrull responde. — Há muitos monstros por perto para o senhor se banquetear. Eu os juntei. Eles não sabem o que está acontecendo. Sou seu servo solitário.

Ele quer dizer os monstros na Pizza do Joe? Será que eles estão em conluio com Thrull, ou ele vai alimentar Ṛeżżǒcħ com seus amigos?

— *BOM* — ruge a voz. — *BOoOoOM. LOoOoOGO. LOoOoGO VOCÊ DEVERÁ ME LEVAR PARA AÍ...*

E com isso, a energia se esvai. A árvore estala, a janela se fecha e os galhos ficam imóveis. A estranha e maligna cerimônia mágica acabou.

Thrull usa meu taco de hóquei para ficar em pé lentamente.

Vendo isso, a verdade me acerta com tudo.

Por isso Thrull estava no shopping! Ele estava caçando monstros para preencher o bestiário. E é *por isso* que o bestiário já tinha entradas quando Thrull nos deu.

Mas então ele foi ferido. E o ferimento de Thrull não é brincadeira. Ele sabia que não poderia mais preencher o bestiário sozinho. E então, no momento em que viu o Fatiador, no momento em que percebeu que eu "abati" o Blarg, ele *sabia* que poderíamos ajudar.

Ao receber o bestiário, começamos a fazer suas ações sujas por ele. Não estávamos simplesmente documentando ou gravando. Estávamos carregando o livro mágico com essência de monstro para que o livro se tornasse a tal chave! Uma chave para abrir essa porta-árvore-coisa!

Tenho sido um peão no jogo de Thrull. Nunca me senti tão tolo, tão ingênuo e tão furioso!

Passos me trazem de volta ao presente. Thrull está caminhando para o limite da clareira.

Dou um passo para as sombras.

Ele passa mancando por mim.

E eu sinto o cheiro.

Não sinto cheiro de perfume barato de colônia. Eu sinto o cheiro de *Thrull*.

E seu cheiro é de puro mal. O mesmo cheiro do Blarg.

Prendo a respiração quando ele se vira para olhar para trás. Seus olhos estranhos e desumanos olham para a escuridão. Eu quase posso sentir seu olhar em mim.

Finalmente, ele se vira e caminha pela floresta.

capítulo vinte

Enfio uma meia suada na boca do Alfredo para que ninguém seja mordido, e então nós corremos, corremos e corremos. Não paramos de correr até chegarmos na Big Mama. É madrugada quando Dirk nos leva para a casa na árvore. Saímos meio cambaleantes da picape e deitamos na grama: doloridos, cansados, aterrorizados.

Estou aliviado por chegar em casa, mas não estou aliviado ao saber que nosso tempo na Terra, ou o tempo *da* Terra, será muito, muito, muito curto se não agirmos rapidamente. E por agir, é claro que quero dizer agir como heróis incríveis.

Eu subo na casa na árvore. Dentro, coloco a chave na lancheira-cofre. O barulho ecoa pela manhã silenciosa. Abro e olho para o bestiário.

O que eu fiz?

Freneticamente, abro o bestiário e começo a rasgar as páginas, tentando soltar a Essência, tentando rasgá-la em pedaços, mas não funciona. Em vez disso, sinto algo como eletricidade disparar através de mim e pulo para trás.

Quint vem correndo atrás de mim, me lembrando de que não há tempo para sentir pena de mim mesmo, não há tempo para arrependimentos, não há tempo para *nada* além de ação e, talvez, quem sabe, um mini-muffin de chocolate ou dois.

> Temos que destruir o Bestiário, assim Thrull não o usará para abrir o portal e trazer Ŗeżżöch para este mundo.

> Mas e se for um negócio tipo O Senhor dos Anéis? Que não pode ser destruído?

— *Senhor dos Anéis*, Jack? Isso não é real — June fala quando entra pela porta. — É só um livro de fantasia!

— Ah, tá. Você não acabou de ver uma árvore falante gigante e o servo monstro? — pergunto.
— Não seria algo mais *O Senhor dos Anéis* nem se tivesse orcs de animação correndo por lá e magos de barba branca no estilo Magneto!

June concorda.

— Sim, sim, isso é verdade.

Dirk chega logo depois de June. Ele arranca o bestiário da minha mão.

— Vou socar este livro até não sobrar nada! — ele ruge.

Depois do décimo nono soco, Dirk desaba. As juntas das suas mãos estão vermelhas.

— Isso não funcionou.

Eu pulo na mesa de pôquer. Pego o Fatiador e golpeio com todas as minhas forças. Ele acerta o livro, mas o golpe volta para mim. A ponta do taco acaba lascando e sou jogado para trás, para fora da mesa.

June olha para Quint.

Acho que precisamos de mais poder de fogo.

— Deixa comigo — Quint responde.

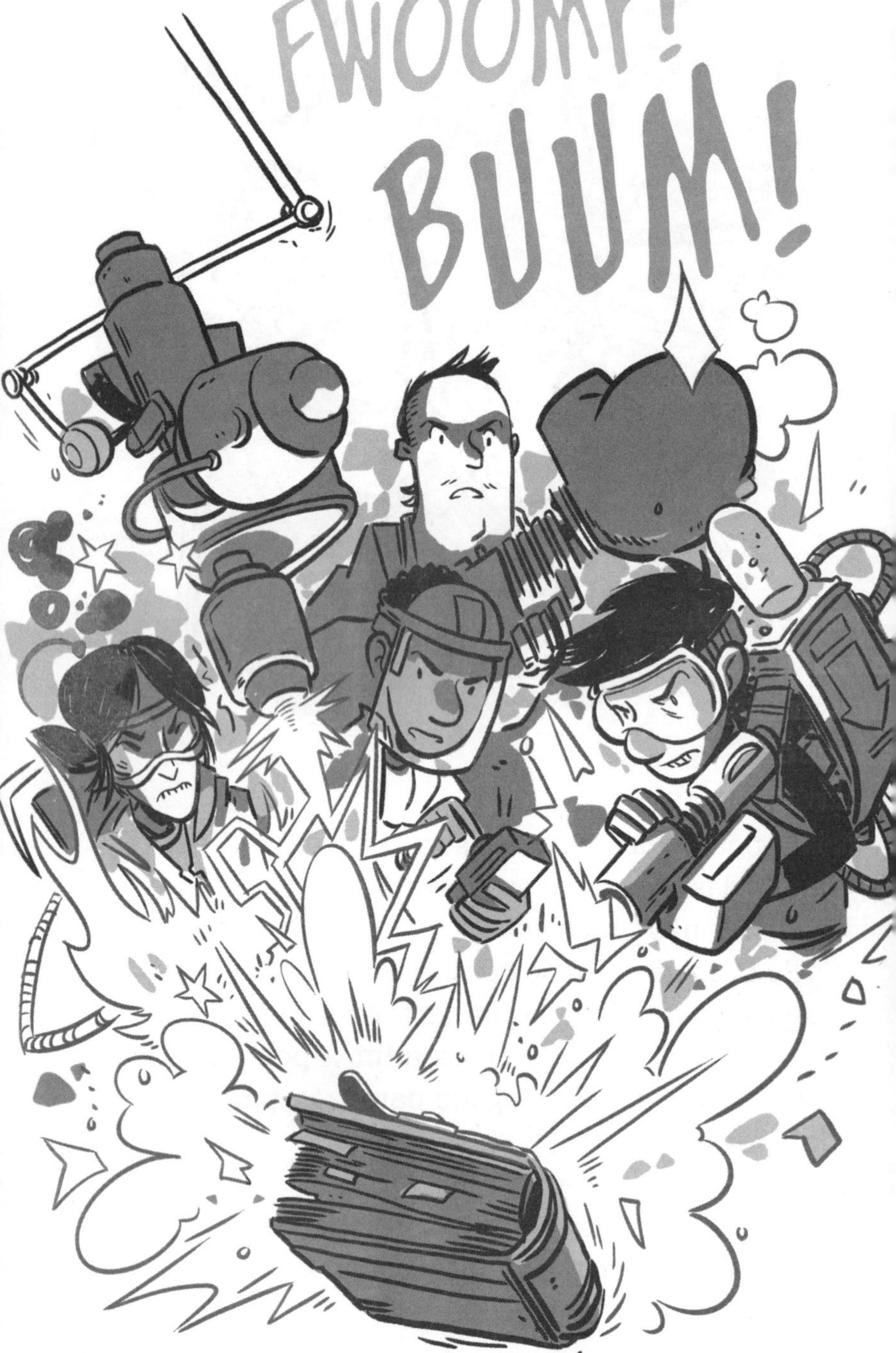
FWOOMP!
BUUM!

Nada.

Nenhuma mudança.

Eu me viro para meus amigos. Meus ombros estão caídos. Todos nós já percebemos a mesma coisa: isso é TOTALMENTE uma coisa tipo *Senhor dos Anéis*, o bestiário é TOTALMENTE INDESTRUTÍVEL e estamos TOTALMENTE FERRADOS.

— Talvez a gente possa esconder ele — Dirk sugere. — Enterrar em algum lugar onde Thrull nunca o encontre.

Balanço a cabeça negativamente.

— Thrull virá atrás de nós. Se não tivermos o bestiário, ele nos servirá como alimento daquela Árvore do Acesso maluca! Ou algo pior que uma árvore! Tipo arbustos monstruosos ou cercas vivas ou trepadeiras!

Só consigo pensar em outra opção. Uma louca, última tentativa.

— Pessoal — eu começo a falar. — Se não podemos destruir o livro... então temos que destruir a árvore.

capítulo vinte e um

> Não conseguimos destruir um livrinho! Como destruiremos uma árvore monstro?

> Bom, primeiro, o bestiário não é um livrinho. É o oposto disso. E segundo, você tem razão, eu não tenho ideia.

Eu me viro, silenciosamente me xingando. Ótimo, Jack. Muito bom mesmo. *Ofereça todo tipo de respostas, mas nenhuma solução. Que grande herói...*

Saio para o deque, me inclino sobre o parapeito e suspiro profundamente. E é aí que eu vejo: a horta de Dirk.

Uma ideia está se formando. Eu giro de volta para a casa.

— Dirk, o que mais enlouqueceu você nas últimas semanas?

— Além de vocês?

— Muito engraçado. Sério.

Dirk encolhe os ombros.

— Eu acho que as ervas daninhas ferrando com a minha horta.

— E como você tem lidado com essas ervas daninhas? — pergunto.

— Estou usando um pesticida que encontrei na casa daquele cara zumbi no final do quarteirão.

> É o que **precisamos**. Um pesticida. Claro, um do tipo industrial de destruição em massa. E então, **BUUM**, detonamos a árvore com ele!

> E onde **nós** vamos encontrar um pesticida de "destruição em massa"?

Ninguém vai gostar disso. Eu me preparo para ser detonado.

— Temos que voltar ao shopping — eu afirmo. — Onde Dirk conseguiu seus suprimentos de jardinagem. Duvido que, em meio ao pânico violento dos saques depois do Apocalipse dos Monstros, alguém tenha pensado: "Querida, não se esqueça de estocar o matador de ervas daninhas!".

— Tenho certeza de que o Vermonstro MORA no shopping — June aponta. — Voltar lá provavelmente não é algo inteligente.

Eu olho em volta. Ninguém parece particularmente ansioso para enfrentar o verme gigante novamente. Não que eu os culpe.

Então Quint diz:

— Na verdade, eu havia elaborado vários planos e cenários sobre como poderíamos entrar novamente no shopping...

Eu me animo. Esperança!

— Ótimo, Quint! E...?

— Cada um deles termina na mesma morte horrível e dolorosa...

Eu me sento no chão e meus olhos miram June, a Isca, Alfredo e a jaula.

E então tenho uma ideia.

Eu tenho uma solução.

Mas não me sinto aliviado.

Agora estou ainda mais aterrorizado. E estou aterrorizado porque sei exatamente o que tenho que fazer a seguir. Sei exatamente como podemos entrar no shopping e obter uma grande quantidade de pesticida para ervas daninhas.

Terei que ficar dentro da jaula do Alfredo. E agir como isca para o Vermonstro.

capítulo vinte e dois

Já passa do meio-dia, e estamos todos na Big Mama, indo em direção ao Shopping Circular Um. A jaula vazia de Alfredo chocalha na traseira da caminhonete. Nosso mordomo está em casa, trancado dentro da garagem. Ele cumpriu seu objetivo, então poderíamos simplesmente libertá-lo, mas estou preocupado que ele tenha seu cérebro sugado pela árvore. Que tipo de patrão eu seria se deixasse o cérebro do meu mordomo ser sugado? O tipo ruim de patrão, isso sim.

Certo, explique o plano

É simples. Muito simples.

— Eu vou entrar na jaula do Alfredo. Vocês vão me deixar dentro do shopping, na praça de alimentação. Então vocês se escondem a uma distância segura, no estacionamento. O Vermonstro vai sentir meu cheiro, ou me sentir ou o que quer que seja, mas ele virá atrás de mim. O fato de eu não tomar banho há uma semana deve ajudar. Entenderam até agora?

— Sim, entendemos — June responde. — E sim, você precisa tomar banho.

— Assim que ele chegar, vou falar com vocês por rádio — digo, segurando um de nossos walkies. — Enquanto o Vermonstro está ocupado comigo, vocês correm e carregam a Big Mama com muito pesticida matador de ervas daninhas.

— E se o Vermonstro simplesmente engolir a jaula inteira? — Quint pergunta.

— Eu vou ter que correr esse risco — respondo.

— Correr esse risco? — Quint exclama. — Esse é um risco grande demais, amigo.

Lanço um olhar duro para ele.

— Algum de vocês tem um plano melhor?

E com isso, todo mundo cala a boca.

Isso não é sobre nós.

É sobre todos os outros que ainda estão vivos: os humanos que ainda não conhecemos, mas temos que *supor* que estão por aí, os monstros na Pizza do Joe, que Thrull quer dar para Ṛeżżőcħ comer, e também o próprio mundo.

— Tudo bem, então — Dirk fala. — Temos um plano.

> Apenas pra registrar, eu realmente odeio esse plano.

> O PLANO É SEU!

> Mas eu posso odiar

June aperta meu ombro.

— Nos vemos em breve.

E, com isso, meus amigos partem. Eles entram na Big Mama e atravessam o estacionamento.

Mas o Vermonstro não aparece.

June logo entra em cena com o walkie-talkie.

— Está tudo bem aí?

— Sim. Apenas esperando. Conhece alguma piada boa para me manter ocupado?

— Quando os zumbis vão dormir?

Eu gemo de leve. Isso vai ser horrível.

— Quando?

— Quando estão mortos de cansaço!

— Terrível. Você nunca mais pode reclamar das minhas piadas ruins — eu falo.

Estou arrancando uma pele do dedo quando June volta ao rádio e canta a abertura de um seriado antigo. Eu rio. Eu gosto muito dos meus amigos. Espero viver para vê-los novamente...

Depois de 45 minutos, decido que é hora de agir. O mundo está em jogo e não podemos apenas ficar em jaulas mexendo nas unhas e cantarolando músicas clássicas de um seriado antigo.

Então eu abro a porta da jaula.

Suspiro, dentes cerrados, e saio para a praça de alimentação deserta. Puxo o Fatiador da bainha, levanto-o alto e bato no chão. Eu faço isso de novo, de novo e de novo.

BAM!

BAM!

BAM!

BAM!

No quinto *bam*, ouço algo se quebrar, bem ao longe, do outro lado do shopping.

Bato a lâmina no chão novamente.

BAM! BAM! BAM!

Outro barulho de coisas quebrando.

Vidro quebrando. Então vejo...

À minha frente, o chão está dobrando e quebrando quando o Vermonstro se aproxima de mim. O chão aos meus pés se dobra, torce e se despedaça.

CA-CA-CRAAKK!!!!

Há uma movimentação tipo um terremoto, o chão se abre e a coisa aparece...

EXPLOSÃO DE VERME!!!

Portões de metal cobrindo as fachadas próximas quebram quando o monstro se move em minha direção, emitindo um grito agudo.

— Vão, pessoal, vão! — eu grito no walkie. — AGORA!

— INDO! — June responde.

Eu me viro e corro de volta para a jaula, mas o verme passa rapidamente e corta na minha frente. O chão desmorona e se dobra. Meu estômago revira quando sou levantado no ar!

Isso não é bom

Palavras gritam dentro da minha cabeça: "ENTRE NA JAULA, JACK! ENTRE NA JAULA, JACK! ENTRE NA JAULA, JACK! ENTRE NA JAULA, JACK!".

As costas do Vermonstro são viscosas, escorregadias e cobertas por pequenos tentáculos. Agarrando um, eu consigo me equilibrar.

Eu ando para a frente, depois pulo! Meu corpo bate na jaula e a porta se fecha atrás de mim.

KA-SLAM!

A gaiola cai de cabeça para baixo e minha cabeça bate no fundo de metal. Tem sangue nos meus lábios. E tem gosto de moeda.

Meus olhos piscam e se abrem.

O Vermonstro rasteja em círculos estrondosamente pela praça de alimentação. Ele ruge ao passar pela jaula e se vira, dando voltas, envolvendo-a como uma anaconda gigante e horrível.

E é aí que eu percebo: vou ser esmagado.

capítulo vinte e três

Me sinto como se estivesse na cena do compactador de lixo em *Star Wars*.

Mas então, de repente, o Vermonstro geme. Um lamento dolorido escapa de seus pulmões e o monstro afrouxa seu aperto. As barras da gaiola se soltam. É como se o monstro estivesse subitamente sem fôlego.

Eu vejo o porquê.

Há uma longa cicatriz correndo ao longo do corpo e gaiola raspa e esfrega contra o ferimento.

Não.

Eu me enganei.

Não é uma cicatriz, é uma ferida aberta e apodrecida no local que cortei semanas atrás, quando lutei com ele.

A cara do Vermonstro está pontilhada de olhos, todos eles úmidos e todos me observando.

A culpa faz meu estômago revirar. Eu mordo o lábio. O Vermonstro não emite aquele fedor do mal. Ele não tem o cheiro do Blarg. Não tem o cheiro do Thrull. E nem o das Bestas ou dos Monstros Alados.

Por fim, mexo na fechadura e abro a porta da jaula, que pressiona a lateral do monstro. Ele geme baixinho.

Eu olho para a longa ferida na lateral dele.

Fui eu que fiz aquilo.

"Fui eu", penso, com um nó na garganta. Imagino o momento, meses antes, em que portais foram abertos e monstros foram lançados em nossa dimensão. E esse monstro foi arrancado de sua casa e chegou aqui por acaso.

Sei como é ser arrancado de casa... é confuso e assustador.

Não é à toa que ele tentou nos comer.

Ouço o ruído dos pneus. A Big Mama vem acelerando para dentro do shopping e para.

— JACK! — June grita, saindo correndo da picape. — O QUE VOCÊ ESTÁ FAZENDO?

Minutos depois, estamos reunidos em torno do monstro. Todo mundo está no limite. A qualquer momento, ele pode ficar furioso e nos devorar.

— June? — eu pergunto. — Alguma chance de você saber costurar?

— O quê? Só porque eu sou uma garota você simplesmente supõe que eu sei costurar?

Dou de ombros.

— Mães sabem como fazer essas coisas.

— Eu não sou mãe!

— Eu sei — Dirk fala.

Todos nós olhamos para o grandalhão.

— E daí? — Dirk pergunta. — Sim, eu sei costurar, tá bom? Costurei minhas roupas por anos.

— Ei, tudo bem, amigo — eu respondo. — Você costura e sabe jardinagem. Que ótimo.

Dirk continua:

— Mas precisamos de uma agulha grande. E muita linha. Esse é um corte bem grande.

Onde encontraremos uma agulha para costurar um monstro gigante? Depois de um momento, os olhos de Dirk brilham e ele diz:

— O Fatiador.

Eu tiro ele da bainha.

— Tem certeza?

— Sim, eu só preciso arrancar um fragmento dele para usar como agulha.

— *Arrancar um fragmento?* — exclamo. — Você quer arrancar um pedaço da minha ferramenta mais icônica de destruição de monstros?

— Você quer consertar esse cara ou não? — Dirk pergunta.

207

Engulo em seco e entrego o Fatiador.

— Sim, claro. Eu quero cuidar desse carinha...

June joga para Dirk uma corda enrolada que estava na caçamba da Big Mama, e então ele põe as mãos para trabalhar...

> Calma aí, grandão. Logo você se sentirá melhor.

— Como você soube? — June finalmente me pergunte.

— Hã?

— Você saiu da jaula. Como sabia que seria seguro? Pensamos que seu cérebro tivesse pifado ou algo assim.

Dou de ombros.

— E só que... ele parecia ferido e precisando de ajuda.

O Vermonstro treme e sacode de leve quando Dirk insere a agulha improvisada em sua pele, passando em seguida pela ferida e saindo do outro lado. Dirk continua fazendo o mesmo movimento, costurando todo o corte de três metros de comprimento. O verme choraminga.

— Isso, verme bonzinho — eu falo, passando a mão sobre ele. — Não parece muito, mas é.

Quando Dirk termina, me devolve o Fatiador coberto de gosma amarela de verme. Ele está esfregando as mãos dentro da fonte de moedas quando o Vermonstro solta um longo e profundo rugido. O chão desmorona e o monstro mergulha. É gracioso, quase como um tubarão deslizando sob a água.

Agora vamos pôr a jaula na Big Mama. Depois pegamos alguns pretzels, os de canela. Então, finalmente...

detonaremos a árvore grande e má.

capítulo vinte e quatro

De volta para casa, colocamos o Alfredo em sua jaula. Então, examino o pesticida de ervas daninhas. Temos nove BARRIS GIGANTES de algo chamado Adeus-Daninhas.

— Vou conectar mangueiras ao veneno de ervas daninhas — Quint fala. — Daí ligamos as outras pontas às nossas metralhadoras de água. E então atiramos tudo na árvore.

Começo a subir na casa na árvore para pegar o traje militar espacial, porque tenho a sensação de que podemos precisar. Só que, no meio da escada, eu paro. Olhando para a garagem, vejo Quint perder o controle da mangueira e borrifar água em todos os lugares. O cabelo da June fica encharcado. Ela ri. Dirk agarra Quint e o levanta no ar, fingindo que está prestes a soltar um dos golpes incríveis de luta livre. Quint e Dirk riem.

Eu não posso perder esses caras.

Prefiro *me perder* do que perdê-los.

Termino de subir na casa na árvore e imediatamente engasgo. Tapo o nariz e a boca com a mão. Um aroma ácido e espesso enche o ar, como brownies queimados e giz na calçada.

O cheiro do mal. O cheiro do Thrull.

O interior da casa na árvore está escuro como breu, mesmo que seja o meio do dia. É como se toda a luz tivesse sido sugada da sala.

Lentamente, uma luz fraca retorna. E eu o vejo...

Engulo em seco. Preciso disfarçar e agir da forma mais natural possível.

— Ei, Thrull! Há quanto tempo. Você, hã, já foi entrando sozinho, né? Nem imaginava que você sabia onde a gente morava.

— Eu sei muitas coisas — Thrull responde.

— Ah, é mesmo.

De repente, Thrull sorri.

— Eu não vejo vocês na Pizza do Joe há algumas semanas, então pensei em aparecer e fazer uma visita. Como está indo o bestiário?

Engulo em seco de novo. Posso sentir o medo no meu rosto, e preciso escondê-lo. Tento abrir um sorriso, mas tenho certeza de que fiquei parecendo o Coringa.

> Meio que perdemos o interesse nele. Temos feito outras coisas.

> Muito frisbee, na real. Ultimate Frisbee. Você joga? Estamos pensando em criar uma Equipe Pós-Apocalíptica de Ultimate Frisbee. Vou pôr um flyer lá no Joe.

> Quer participar?

MOVIMENTO DESCOLADO

Thrull abaixa a cabeça e ri baixinho. Quando levanta novamente, seus olhos se estreitam e parecem brilhar em vermelho. Ele fala em um grunhido grosso e molhado.

— Jack, onde está a chave?

Eu engulo em seco. Nós fomos tão cuidadosos! Nós nos escondemos. Cobrimos nossos rastros. Talvez se eu me fingir de tonto...

— Hã, a chave? — pergunto.

— O bestiário — Thrull rosna.

— Hum, Thrull — eu falo. — Eu realmente *não sei* do que você está falando. Está tudo bem?

Os olhos redondos de Thrull me olham de cima a baixo. Se ele colocar as mãos no bestiário, só precisará levá-lo para a árvore. E então realizará a cerimônia e o bestiário abrirá a Árvore do Acesso... e então nós dançamos. Ṛeżżőcħ virá. Tudo acabado.

— Não minta — ele fala. — Eu sei que vocês estavam na Árvore do Acesso. Ṛeżżőcħ, o Antigo, viu vocês. Ele a tudo vê.

— O livro se foi — afirmo depois de um longo momento. — Nós o destruímos.

Thrull ri. É um som áspero, como passos no cascalho.

— Nenhum humano pode destruir um bestiário encantado. Suas mentiras são tolas. Você fala bobagem. Diga-me onde está. Agora.

— OK, você está certo — respondo. — Eu menti. Agora, falando sério, de verdade, nós o perdemos. Aliás, para ser bem específico, eu o perdi.

Thrull não diz nada.

— Eu sou superdistraído. Você deveria ter visto meu armário na escola. Sabe, antes de o seu soberano do mal abrir o portal e os monstros chegarem e DESTRUÍREM a escola. Mas, sim, meu armário tinha apenas papéis e sanduíches velhos por toda parte. Então, eu simplesmente, bom, perdi o bestiário. Coloquei em algum lugar. Juro que, às vezes, se minha cabeça não estivesse presa aos ombros...

Thrull fica ereto. Ele preenche a sala.

> MINTA PRA MIM DE NOVO, GAROTO, E SUA CABEÇA NÃO FICARÁ PRESA AOS OMBROS... EU PROMETO.

Eu quero recuar. Quero me encolher no canto. Quero chorar.

Mas não faço nada disso.

Em vez disso, lentamente, seguro o cabo do Fatiador. Um sorriso cruel aparece nos lábios de Thrull.

— É aqui que você quer que sua vida termine, Jack?

Antes que eu possa responder, June grita da garagem:

— JACK! VENHA AQUI! SUA AJUDA É NECESSÁRIA!

Thrull sorri.

— Chame seus amigos aqui em cima.

— Não.

— Chame-os.

Eu aperto meus dentes com tanta força que eu meio que espero que eles se quebrem dentro da minha boca.

— Não. Vou. Chamar.

Thrull parte na minha direção. Cambaleio para trás, tropeço e caio no canto.

— Chame eles — Thrull rosna novamente, enquanto suas patas grossas me seguram.

— T-tá — consigo balbuciar. Meus ombros caem. Minha cabeça abaixa. E então...

QUINT! FUJA! LEVE TODOS! VÁ! O THRULL ESTÁ AQUI

Thrull faz uma careta.

— Você vai pagar por isso. E caro.

Com um movimento rápido e uma pancada, sou jogado *através* da parede da casa na árvore. Há lascas de madeira e estilhaços. Um segundo depois, aterrisso em uma pilha de folhas. Provavelmente é isso que me impede de quebrar todos os ossos do meu corpo.

Meu joelho bate no nariz e a dor dispara pelo meu cérebro. A primeira coisa que penso: estou *super*feliz por nunca ter tirado as folhas do quintal.

Cuspo uma folha e me levanto.

Eu vejo Thrull pulando da casa na árvore. E a dor no rosto dele ao se apoiar no meu taco de hóquei.

Mas pelo menos eu pude alertar meus amigos. Com alguma sorte, eles estão a alguns quarteirões daqui agora, e correndo.

Ou não...

Vire e vá embora, Thrull

— Aaah, poxa, pessoal! — eu grito. — Eu disse pra vocês correrem!

Dirk balança a cabeça.

— Não vou deixar você, bobão.

June segura sua lança de vassoura em direção ao peito de Thrull.

— Nós ficamos juntos.

— Vocês são tolos. Todos vocês — ele rosna. — Vocês não entendem o poder que eu carrego. Eu sou um servo de Ṛeżżőcħ, o Antigo, o destruidor de mundos.

Dirk levanta o punho e ataca. Thrull dá um tapa nele... um tapa que faz Dirk cair por cima do Rover, de modo que os dois aterrissem embolados.

June o cutuca com força, mas a lança dela só se quebra contra o peito de Thrull.

Quint grita:

— Nos deixe em paz!

Sem arma, sem nada, apenas um pouco de determinação corajosa, como dizem, ele pula em Thrull. O monstro pega ele no ar e o segura no alto.

> ME DIGA ONDE ESTÁ O BESTIÁRIO, JACK, OU SEU AMIGO MORRE. AQUI E AGORA. VOCÊ TEM UM SEGUNDO.

— Na lancheira-cofre! Na casa na árvore! — As palavras saem da minha boca sem hesitação.

— Não, Jack! — Quint geme.

Thrull olha para June.

— Vá pegar esse cofre. Agora.

June abaixa a cabeça e vai até a escada da casa na árvore. Um momento depois, ela está voltando para baixo, com o cofre embaixo do braço. Estremeço quando ela o entrega a Thrull.

Com a mão livre, Thrull aperta a caixa. Metal é triturado e ela se abre. O bestiário cai na grama. Um sorriso surge no rosto de Thrull quando ele o pega.

Ele examina as páginas e vê que estão completas.

— Trabalho maravilhoso — diz ele com um olhar zombeteiro. — Eu esperava que vocês fizessem progresso enquanto minha perna se curava, mas nunca pensei que completariam o livro. Impressionante. Vocês merecem muitos elogios.

Ah, cara, se eu já queria socar esse monstro antes...

Os olhos de Thrull desviam-se para a garagem e para a jaula de zumbi.

— Pra dentro — ele rosna.

Olho nervosamente para June.

Thrull aperta o pescoço do Quint.

— Pra dentro — Thrull repete.

Caminho devagar até a jaula. Quando abro, Alfredo cambaleia para fora. E imediatamente vem me atacar. Que belo mordomo...

Thrull pega Alfredo e o arremessa pelo quintal como se ele fosse um dos brinquedos de mastigar do Rover. Alfredo bate na cerca. Observo enquanto ele se levanta e cambaleia para longe. Espero que fique seguro lá fora. Eu sei que é um morto-vivo, mas vou sentir falta desse carinha...

— Quero você bem acordado quando seu mundo acabar — Thrull fala para mim. — Não como um zumbi. Vá. Em frente.

Eu entro. Thrull aponta com a cabeça para Dirk e June. Eles me seguem, entrando até estarmos todos empacotados como sardinha. Então Thrull fecha e tranca a porta.

— Agora solte o Quint! — eu mando.

Thrull balança a cabeça negativamente.

— Acho que não. Muito esperto, este aqui. Pode descobrir um jeito de fugir, mas vocês três... duvido muito.

Eu grito e xingo, grito e chacoalho as barras, mas isso não resolve nada, exceto fazer com que o sorriso de Thrull se torne maior e ainda mais horrível.

Tocando o bestiário com um dedo gordo, Thrull diz:

— Adeus, crianças. E obrigado por sua ajuda em trazer R̩eżżőcħ, o Antigo, para cá. Sua participação no fim do seu mundo foi muito apreciada.

Com isso, Thrull rasga o teto da Big Mama e joga Quint no banco de trás. Depois desliza para o assento. Ele enfia o dedo no ignição e, de alguma forma, o motor ruge para a vida.

Um momento depois, ele parte...

capítulo vinte e cinco

> Hã, isso não é bom.

> Falei pra vocês que tenho claustrofobia? Pesada? Puf. Puf. Estou sem ar.

Eu afundo no chão. Meu queixo se afunda no meu peito, meus braços caem e minha cabeça gira como um carrossel enlouquecido.

Eu falhei.

Olho para meus amigos. Suor escorre do rosto pálido de Dirk.

Eu falhei.

Eu falhei.

June diz algo, mas eu não ouço. Todos os sons parecem estar a quilômetros de distância. É como se estivesse escutando o mundo debaixo d'água.

Eu me orgulho de ser um herói descolado, calmo e que nunca entra em pânico, mas agora estou bem longe disso.

— Está abafado aqui? — pergunto. Sinto minha boca se mexendo, mas não me ouço falando.

Eu vejo o rosto da June. Ela está me sacudindo, tentando ajudar. Eu olho para Dirk. Ele está com os olhos fechados e as mãos em volta dos joelhos. E está balançando para a frente e para trás.

Ar viciado na garagem. Sinto cheiro de óleo e serragem. Sinto cheiro de plástico derretido. Sinto cheiro de gasolina.

Preciso de água.

Preciso de algo frio.

June estala os dedos na minha cara.

Eu mal consigo vê-la. É como olhar para algo através do calor de 120 graus... algo ondulado e desfocado.

Então um apito. Estridente, cortando o ar. June assobiando.

Por quê?

Fecho os olhos novamente. Me largo contra as barras.

E então algo fresco e molhado no meu rosto. Água?

Isso me traz de volta. Me acorda. Me tira do transe. Eu busco o ar, respirando fundo.

Então vejo Rover. Sua língua grande para fora, me lambendo. Me esfriando. Os sons voltam. Não parece mais que estou me afogando em pavor.

June está em cima de mim, me olhando.

— Jack? Jack, você está bem?

— Sim, respondo devagar. — Sim, estou bem. Desculpe... fiquei apenas... um pouco assustado por um segundo. Parecia que o mundo estava se fechando ao meu redor.

— Está bem agora? — June pergunta.

— Eu estou bem.

— Você está pronto para descobrir uma saída daqui?

— Estou pronto.

Dirk agarra as barras e sacode. Elas não vão quebrar. Elas não dobram. Em vez disso...

Não melhorou muito, Dirk

THUD

Minha câmera bate na minha cabeça. E ela liga ao me acertar, mostrando a foto de nós com Thrull e Bardo. Foi há apenas um mês, mas parece que foi há muito tempo. Pensei que tínhamos aliados monstruosos, mas não; apenas mais inimigos monstros.

Bem, um inimigo monstro: Thrull.

— Os outros monstros são ruins? — June pergunta, como se estivesse pensando no que estou pensando.

— Acho que não. Eu suspeitava de Bardo, mas parece que Thrull é o verdadeiro vilão, ainda mais se ele planeja dar os outros como alimento a Ṛeżżőcħ, o Antigo, quando ele chegar à Terra.

— Então teremos que confiar no resto deles. Porque precisamos de ajuda. — June segura a câmera e toca na imagem de Bardo. — Rover, você pode encontrar esse cara?

Os grandes olhos de monstro de Rover se estreitam. Ele levanta a cabeça. Então olha para mim. Eu concordo.

— Por favor, Rover. Por favor.

Rover vira e corre pela porta da garagem. June olha para mim.

— Dedos cruzados.

— Dedos das mãos e dedos dos pés — eu respondo.

Uma hora se passa. Nada do Rover. Nada do Bardo.

— Como você acha que o mundo vai acabar? — June pergunta. — O tal do Ṛeżżőcħ. O que ele vai fazer?

Dou de ombros.

— Talvez ele seja como um demônio-da-tasmânia, rodando o planeta raivosamente...

— Talvez ele se sente em um grande trono — June arrisca. — E faça uma grande batalha de dança, que ele vai julgar.

— Estou menos preocupado com o fim do mundo — digo sacudindo a cabeça — e mais preocupado com o fim do Quint.

June se aproxima e pega minha mão.

— Jack — ela fala. — Vamos resgatar o Quint. E nós vamos parar o Thrull.

Eu bato a cabeça contra as barras.

— Já faz mais de uma hora. Thrull provavelmente está no meio de sua cerimônia do mal agora. Aposto que ele está todo conjurando e tremelicando, tipo...

ZURGLE BURBLE ZKTL SPLURG TARTARUGA!!

— Jack — June chama. — Para.
Eu suspiro.
— Que diferença faz? Não posso ser um pateta? Nós estamos FERRADOS, June.
— Não, Jack. Pare, porque... eles chegaram.

capítulo vinte e seis

Bardo se move como um homem idoso quando desce de Rover e caminha em nossa direção. Ele olha a jaula de cima a baixo e passa a mão pela fechadura. Seus olhos se fecham e ele se concentra. Um momento depois, a fechadura cai. A porta se abre.

— Magia — Dirk grunhe. — Irado.

Num piscar de olhos, eu saio, já sacando o Fatiador por cima do ombro. June grita para eu parar, mas não consigo. O rosto aterrorizado de Quint surge através das minhas pálpebras.

Você tem algo a ver com isso tudo?!

— Não — Bardo responde categoricamente.

Olho para ele por um longo momento. Eu tenho que acreditar nele, não há outra escolha. Abaixo lentamente o Fatiador.

— Você sabe o que Thrull está fazendo? E por que ele roubou meu melhor amigo?

Ele faz que sim com a cabeça.

— Então por que você negou? — pergunto. — Nós falamos sobre os zumbis com o cérebro sugado, mas você disse que não sabia de nada!

— Porque eu tinha apenas começado a suspeitar que Thrull era um servo de Ṛeżżőcħ. Você precisa entender que, mesmo que todos tenhamos vindo aqui do mesmo mundo, não nos conhecemos melhor do que você poderia conhecer um estranho que encontra por aí. Eu fui o primeiro a vir para a Pizza do Joe depois de Thrull. Eu o encontrei por acaso. Ele me recebeu. Ainda não sabia quem ele era ou o que faria. Quando você mencionou humanos mortos-vivos com o cérebro removido, minhas suspeitas aumentaram. Desconfiei de uma Árvore do Acesso. Comecei a investigar, mas não sabia com certeza até esse exato momento.

Eu estou fumegando de nervoso.

— Jack, você quer continuar discutindo ou quer salvar seu amigo? — Bardo pergunta. — E salvar o seu mundo?

— Salvar o amigo dele e salvar o mundo — June interrompe. — É a resposta dele: salvar o amigo e salvar o mundo. Pode acreditar.

Dirk está bebendo uma enorme garrafa de água e a cor está voltando ao seu rosto.

— O que fazemos agora? — ele pergunta depois que engole a água.

— Podemos chamar os outros monstros lá no Joe — Bardo fala. — Todos eles vão lutar. Somente os loucos adoram Ṛeżżǒcħ.

Balanço a cabeça. Não há tempo para isso. Dou passos rápidos em direção ao Rover.

— Jack, o que você está fazendo? — June pergunta.

— Estou indo salvar o Quint. E vou deter o Thrull.

— Bom, nós vamos junto — June exclama.

Thrull levou a Big Mama. Não podemos ir todos.

— Rover pode carregar nós quatro.

> Vou sozinho.

> Já errei demais.

> Condenei meu melhor amigo. E condenei o MUNDO!

> Não vou condenar vocês também.

— Você não pode detê-lo sozinho — Bardo diz.
— Você vai ver.

Dirk planta os pés em uma posição firme, bloqueando o meu caminho.

— Nós vamos, mano.

Eu puxo as rédeas de Rover e ele desvia do Dirk e vai em direção ao portão. Me viro, dou aos meus amigos uma olhada final e, em seguida:

— Rover, HEE-YA!

Rover galopa para a frente, mas de repente... O chão treme. A grama sob a casa na árvore se divide e pedaços gigantes de terra deslizam e racham. Ao redor da base da árvore, o quintal incha e a água em nossa piscina de fosso espirra.

— O que está acontecendo? — Dirk grita.

Jogado no chão, eu rapidamente corro de volta para meus amigos, puxando Rover pela coleira. Nós ficamos bem juntos enquanto a grama explode...

ERUPÇÃO

— O Vermonstro! O que ele está fazendo aqui? — June pergunta cambaleando para trás.

Rover passa por mim como uma flecha e corre para o Vermonstro. Eles meio que lutam e brincam, com Rover pulando ao redor do outro monstro. O pescoço de Rover gira, como se ele estivesse tentando mostrar ao verme para onde ir.

Bardo sorri ao ver a criatura.

— É um Ūňşæŗċœŵ.

O verme solta um som igual ao de uma vaca. Como uma vaca subterrânea. Não me deixe esquecer: Vaca Subterrânea é ótimo nome para uma banda de rock.

O verme mergulha abaixo da superfície novamente.

— Ei, para onde ele está indo? — June pergunta.

— Você está estragando minha horta, seu verme! — Dirk grita.

O Vermonstro aparece novamente. A árvore se inclina para o lado e se ergue do chão. Os tentáculos do verme agarram as raízes da árvore como se fossem dedos entrelaçados, conectando-se a eles, juntando-se, de modo que logo mal consigo ver onde o verme termina e a árvore começa.

A terra explode, enchendo o ar com pedaços marrons que me dão um acesso de tosse. Os estranhos tentáculos de minhoca do Vermonstro agora alcançam e envolvem o tronco da árvore, segurando-a firmemente.

O verme levanta a cabeça gigantesca, olhando em nossa direção.

Eu observo esse novo companheiro estranho com admiração.

— Dirk — eu digo finalmente. — Você pode usar as polias para içar os barris de Adeus-Daninhas para a casa na árvore?

Dirk sorri e fala:

— O que você acha?

— Bom — respondo. — June, me ajude a carregar todas as armas de combate que temos. Nós vamos resgatar o Quint. Nós vamos destruir aquela árvore. Nós vamos parar o Thrull. E o Vermonstro nos dará uma carona...

capítulo vinte e sete

> Muito bem, pessoal. Vamos deixar os canhões de Adeus-Daninhas prontos!

A casa na árvore ronca embaixo de nós enquanto o Vermonstro corre por Wakefield.

Dirk, todo Capitão Machão, conseguiu enfiar cada barril de Adeus-Daninhas na sala principal e sumiu de vista. Sua caixa de ferramentas está aberta enquanto ele trabalha para montar três Metralhadoras de Água no parapeito da casa na árvore. A cada minuto, mais ou menos, o verme atinge algo, a casa na árvore balança e Dirk bate a cabeça e grita. Então, finalmente...

— Metralhadoras de Água colocadas! — Dirk grita.

— As mangueiras de jardim estão chegando! — respondo.

June e eu corremos de um lado para o outro, ligando longas mangueira de jardim dos barris de pesticida até as Metralhadoras de Água. Assim que apertarmos aqueles gatilhos plásticos da Metralhadora... ah, cara, o Adeus-Daninhas vai explodir como um jato... um jato de gosma destruidora de árvores.

Mas tudo será inútil se não chegarmos a tempo de salvar o Quint...

Rover lidera o caminho através de Wakefield, e o Vermonstro o segue, com a ponta da cauda girando para a frente e para trás, nos empurrando. Os gigantescos dentes destruidores do Vermonstro devoram tudo o que ameaça nos atrasar. Mastiga concreto e detona barricadas.

Passamos por lugares conhecidos de ajuntamento de zumbis, mas que agora estão vazios. Nossa escola, onde encontramos June meses atrás. Não há mais zumbis. A mercearia, onde pegávamos comida, nem um único zumbi.

Logo vejo uma parede de árvores ao longe. A floresta aparece à nossa frente. Parece estar vazando trevas, como se o lugar em si não pudesse suportar a luz. O mal está aí. O mal, ajudando outro mal ainda *maior* a entrar neste mundo...

O Vermonstro contorna as árvores mais grossas, deixando um rastro de madeira lascada e terra irregular. Ramos chicoteiam contra a casa na árvore. Outras árvores são esmagadas. Detonadas em sua base. Arrancadas do chão.

Em minutos, viajamos quilômetros, chegando ao coração da floresta. Até que, bem à frente, vejo uma luz brilhante.

A clareira.

A Árvore do Acesso que grita.

Bardo agarra o corrimão.

— Devagar, mais devagar — ele fala. — Não queremos chamar a atenção do Thrull.

Eu assobio. Rover diminui a velocidade e depois para. O verme reduz a velocidade até parar.

June ouve primeiro. Ela olha para mim, seu rosto pálido de medo. Então Dirk. Eu também ouço.

Um canto.

A CERIMÔNIA COMEÇOU. O PORTAL ESTÁ SE FORMANDO.

Corro para nosso ponto de observação para ter uma visão melhor. Quando olho pelo telescópio, o emaranhado da floresta quase bloqueia minha visão.

Quase...

Ah não. Quint...

capítulo vinte e oito

Os dois galhos mais longos, delineando um V gigante contra um céu escuro e feroz, estão tremendo violentamente. A energia brilhante e colorida crepita e chove como fagulhas na grama crescida demais abaixo.

Sob a árvore, Thrull mantém o bestiário levantado, vomitando todo tipo de coisas loucas que os megavilões falam...

> ÁRVORE DO ACESSO, OUÇA MINHAS PALAVRAS. A CHAVE ESTÁ AQUI. TORNE-SE O PORTAL PARA QUE Ṛeżżőcħ, O ANTIGO, O DESTRUIDOR DE MUNDOS, ENTRE NESTE MUNDO!

Com essas palavras, os dois galhos enormes começam a dobrar. Eles abaixam em direção ao chão e depois espetam a terra como duas lâminas. Eu suspiro. Os galhos são como a moldura do portal, eu percebo, e a energia é o portal.

A voz estrondosa de Ṛeżżőcħ, o Antigo, entra em erupção. No alto de nossa casa na árvore, sua voz parece sacudir as paredes e o chão. Essa voz, seu poder, faria o Blarg se envergonhar. O que quer que esteja além daquela porta, comeria o Blarg com um acompanhamento de anéis de cebola zumbis.

— SIIIIM... TERMINE A CERIMÔNIA... INSIRA A CHAVE... ABRA O PORTAL...

Dirk se segura no corrimão.

— Isso é muito insano.

— Absurdamente insano — June concorda.

— Vou descer lá — eu falo.

— E vai fazer o quê?

— Vou resgatar o Quint — respondo. — Não sei como, mas eu vou recuperá-lo.

Os olhos de June se iluminam.

— Boa. Vá. Distraia o Thrull. Quebre o feitiço ou o que quer que seja esta loucura — June fala girando a Metralhadora de Água. — E depois eu atiro e solto o Quint.

— Não! — Bardo diz de repente. Sua voz é incisiva. — Me deixe ir. Deixe-me falar com Thrull primeiro.

Olho para Bardo. Meu entendimento sobre em quem confiar e em quem não confiar hoje em dia está muito errado. Aprendi que, aparentemente, sou um péssimo julgador de caráter em monstros.

Olho para June e Dirk. Eles assentem com a cabeça.

— Tá bom, Bardo — eu digo. — Nós vamos juntos.

— Desejem-nos sorte.

Com isso, deslizamos para o chão. Juntos, corremos cinquenta metros, entre as árvores, em direção aos super-assustadores-árvore-da-morte-e-dupla-de-megavilões.

> O que você vai fazer?

A luz da porta de energia é quase cegante. Cores se agitam e fluem. Estou olhando para uma dimensão diferente... e isso faz meu estômago se contrair e o medo inundar o meu ser...

Enquanto Thrull continua cantando, o bestiário começa a se transformar.

— Œþūælő şĕąšmę.

As palavras de Thrull fazem com que o livro irradie uma luz intensa e ofuscante. É como se eu pudesse *sentir* o poder do mestre dele lá dentro. A essência de cada monstro, carregada pela magia de Thrull, transformou o livro em uma espécie de chave.

> TENTAR CONVENCER ESSE MONSTRO LOUCO A VER A LUZ DA RAZÃO...

Fico de olho em Quint. Ele está pendurado por uma Trepadeira monstro. Ele está claramente sendo guardado como um aperitivo para Ṛeżżőch. Thrull está tratando meu amigo como se ele fosse um bolinho de pimentão! Ninguém trata meus amigos como bolinhos de pimentão!

Bardo irrompe na clareira e grita:

— Pare com essa loucura!

Thrull gira nos calcanhares. Ele sorri para Bardo. Um leve sorriso maquiavélico.

— Desculpe, mas eu não posso. Eu sou um servo.

Observo Quint, pendurado como uma minhoca em um gancho. Ele levanta a cabeça, olhando para Bardo. Eu fico escondido atrás da árvore, mal espiando.

— Não seja tolo! — Bardo rosna, sua voz antiga ressoando alto. — Por que destruir este lugar? É nossa nova casa!

— Eu não ligo para a casa patética dos humanos! Vou me sentar ao lado de Ṛeżżőcħ em um trono! Juntos, governaremos tudo! Devoraremos tudo! Agora, não há mais conversa — Thrull afirma. — Eu devo terminar.

Thrull levanta o taco de hóquei, abre um sorriso mau e o bate no chão.

A terra eclode.

Uma onda circular de terra rola para fora. Bardo é levantado e jogado no ar.

Eu pulo, saltando por cima da terra rolante. Aterrisso em terreno sólido, puxo meu Fatiador e ando em frente, determinado.

Thrull voltou aos seus encantamentos.

— Êñó bėŝðmĕ mūćĥő.

ESTÁ BEM.

Agora é minha vez.

Esse tal de Thrull pode ser bom em enfrentar seus companheiros monstros, mas ele nunca se envolveu com Jack Sullivan, Herói de Ação Pós-Apocalíptico da sétima série e cara legal e extraordinário.

> Thrull! Solte a chave e também o meu amigo, e saia da minha cidade. Ou então... aahh... **COISAS RUINS ACONTECERÃO!**

Thrull me ignora. Ele continua cantando encantamentos furiosos.

— THRULL! — eu rosno. — EU DISSE PRA PARAR COM ESSE MUMBO-JUMBO E SOLTAR A CHAVE!

Bardo aparece ao meu lado. Ele está atordoado. Ele coloca a mão no meu ombro e olha a energia crescendo e rodopiando.

— Receio que a cerimônia esteja quase completa...

Precisamos distrair Thrull de concluir a cerimônia! Mas minha voz aguda e estridente não está resolvendo...

Então, de repente, lá de cima...

A música explode nos novos alto-falantes da casa na árvore. Músicas estrondosas e com uma batida poderosa da June. A música é tão alta que os alto-falantes estão praticamente pulando. Música pop preenche a floresta. A Beyoncé pode salvar o planeta Terra!

Eu vejo o ombro de Thrull pular. Ele sacode a cabeça. Ele está lutando para terminar a cerimônia. Ele tropeça em suas palavras e o portal chora e grita. Então, finalmente...

— AGORA JUNE! — eu grito. — VAI! VAI! VAI!

Ouço um som de *UÓÓÓSH* e um jato de Adeus-Daninhas faz um arco sobre minha cabeça. Thrull gira e observa o pesticida detonar as Trepadeiras, libertando o Quint!

Em um piscar de olhos, Quint está de pé e correndo em minha direção. Ouço árvores se partindo e quebrando e sinto o chão tremer enquanto o Vermonstro serpenteia mais perto e a casa na árvore paira sobre nós.

A voz de Ṛeżżőcħ chama do além.

— *TERMINE... A... CERIMÔNIAAAAA!*

Os olhos de Thrull estão arregalados quando ele vê a casa na árvore entrando na clareira e o Vermonstro abaixo dela.

Está funcionando! Paramos a cerimônia! E o Quint está fugindo! Obrigado, Beyoncé!

Mas então Quint diminui a velocidade. Seu jaleco chicoteia sobre ele e seus pés começam a se arrastar.

— Quint, o que você está fazendo? — eu grito.

Eu não entendo, será que ele está possuído?

Thrull arranca em direção a ele, agarra Quint com uma pata enorme, e o levanta no ar.

— VOCÊ E SEUS AMIGOS PAGARÃO!

A chave-bestiário brilha na mão de Thrull. O portal queima mais e mais brilhante. Thrull grita os encantamentos. A energia dentro do portal gira. Uma imagem aparece. Uma figura. Sua forma está mudando, se alterando. Em um instante, vejo asas. A seguir, espinhos furiosos. E um momento depois, vislumbro o que parece ser uma cauda óssea.

Sua forma é indefinível.

Então é isso.

Ṛeżżőcħ, o Antigo.

O destruidor de mundos.

Sua voz soa forte:

— INSIRA A CHAVE... ABRA O PORTAL... ESTE MUNDO SERÁ MEU...

Não, não, não, não. Ele não pode ter este mundo! Eu não vou concordar com isso!

E então, no último momento possível...

Quint olha para mim. Ele sorri. Ei, é outro daqueles sorrisos maquiavélicos do Quint! As mãos dele disparam para seu jaleco, ele puxa algo da cintura e...

capítulo vinte e nove

EXPLOSÃO BUMERANGUE!

Recuo, jogando o braço sobre os olhos. Outro dos BUUMerangues patenteados do Quint... a arma que faz BUUM!

A luz brilhante desaparece e vejo tudo se desenrolar como se estivesse em câmera lenta. Quint está correndo em minha direção. Thrull está atrás dele, joelhos na lama, cobrindo os olhos. Ele se vira de um lado para o outro.

E nos braços de Quint: o bestiário! Ele roubou de Thrull!

Quint enfia o livro debaixo do braço como se fosse um atacante famoso de futebol americano (primeira e última vez que você ouvirá alguém descrever Quint dessa maneira).

O portal começa a escurecer. Ṛeżżőcħ solta um grito longo e assustador. A árvore treme e os galhos se movem freneticamente.

O portal está se fechando. A energia desaparecendo. A luz se dissipando.

Quint desliza e para quando se aproxima da casa na árvore.

> Opa, isso aí é...

> Sim, o Vermonstro. Ele é nosso amigo agora, porque o ajudamos. Foi todo um processo.

Quint faz que sim com a cabeça por cerca de 0,7 segundo, depois proclama:

— Que notícia fantástica!

Um som sibilante e crepitante enche o ar e um último grito agudo explode no portal. E então, com um *SNAP* barulhento, o portal se fecha.

Eu respiro um suspiro de tamanho gigante. A entrada do cara que devora mundos foi interrompida. Um cheiro paira no ar... aquele cheiro de terra e flor que você sente após um banho de chuva no verão.

— Conseguimos! — Quint exclama. — O portal está fechado! E nós temos o bestiário!

— Então, o que fazemos com ele? — pergunto olhando para Thrull, que continua cambaleando e cobrindo os olhos.

Bardo balança a cabeça negativamente.

— Não acredito que tudo tenha acabado ainda.

Quint olha para Bardo.

— Jack, *ele* está do nosso lado agora?

— Sim, Quint. Fica esperto. Você perde muita coisa em duas horas, quando essas duas horas são o clímax de uma batalha pelo futuro do mundo.

— Vejam — Bardo chama.

Todos nos viramos para a árvore. Há um estalo suave e algumas pequenas explosões de luz. O portal aparece novamente, apenas por um instante rápido, e a voz desbotada e chorosa de Ṛeżżőcħ entrega um pedido final.

— THRUUULL... ACABE COM ELEEEEES...
E PEGUE A CHAVEEEE...

E com isso, o portal pisca e desaparece.

Thrull não parece mais derrotado... ah não, ele parece estar no limite, forçado a um desespero demoníaco. Ele começa a rir. Suavemente, a princípio e depois mais alto. Mais e mais alto até que um uivo estridente, agudo e hediondo enche a floresta.

Ele olha para nós.

Não.

Nós não.

Para mim.

Diretamente para mim.

— Você não venceu, Jack Sullivan — ele rosna. — Você apenas atrasou a chegada de Ṛeżżőcħ.

Os olhos de Thrull se fecham. Sua cabeça levanta para o céu. Um fluxo rápido de encantamentos estranhos e alienígenas sai de sua boca.

— ẞënşő chę un sŏġnő cosi ñœ rïtornì mài þịủ.

Sua voz fica cada vez mais alta.

— Ah não — Bardo fala. Sua voz é apenas um sussurro.

— *Ah não* o quê? — pergunto.

— É um feitiço de unificação que une dois seres.

— Bom, então vamos detê-lo. — Eu giro e grito: — June, aumente o som! Algo *realmente* perturbador!

— É tarde demais — Bardo continua. — Está feito.

> **Nunca** é tarde demais! Nunca viu um filme de ação? Indiana Jones? Caça-Fantasmas? Qualquer um? Sempre há uma última coisa a fazer!

> Jack, o que você está dizendo?

> Sei lá. Talvez eu tenha enlouquecido um pouco.

Os encantamentos insanos de Thrull terminam com algumas palavras finais na nossa língua. Algumas palavras finais aterrorizantes:

— Eu, servo de Ṛeżżőcħ, desejo me juntar a você. JUNTOS, RECUPERAREMOS A CHAVE E TRAREMOS ṚEŻŻŐCĦ A ESTE MUNDO!

E então, a coisa mais horrível acontece. Thrull levanta os braços. Ele ri como um demônio louco e risonho e me dá uma última olhada antes que seus olhos se fechem e ele rosne:

— *ME LEVE!*

As Trapadeiras, milhares delas, começam a girar e a rodopiar, formando um terrível tornado, torcendo, trançando e se entrelaçando juntas até formar uma boca gigantesca. A boca se abre e...

— A coisa o engoliu inteiro! — Quint fala.

E pela segunda vez em cerca de dois minutos e dezenove segundos, a árvore muda. Ela se transforma e cresce e se torna mais viva do que qualquer árvore jamais deveria estar. As raízes rasgam do chão. Os galhos viram mãos, pressionando contra a terra, forçando a árvore a se libertar.

Os galhos se elevam e rasgam uma boca no tronco da árvore. A horrível boca de madeira grita "PARA QUE EU POSSA VER" enquanto as mãos rasgam buracos de olho na casca do tronco.

— ASSIM É MELHOR! — a voz ruge. Uma voz lamacenta, terrosa e molhada, mas é inconfundivelmente a voz de Thrull.

A árvore continua se retirando do solo. A terra treme, fragmentos do chão enchem o ar. Quando tudo clareia, estamos olhando para...

Thrull, A Árvore Monstro!

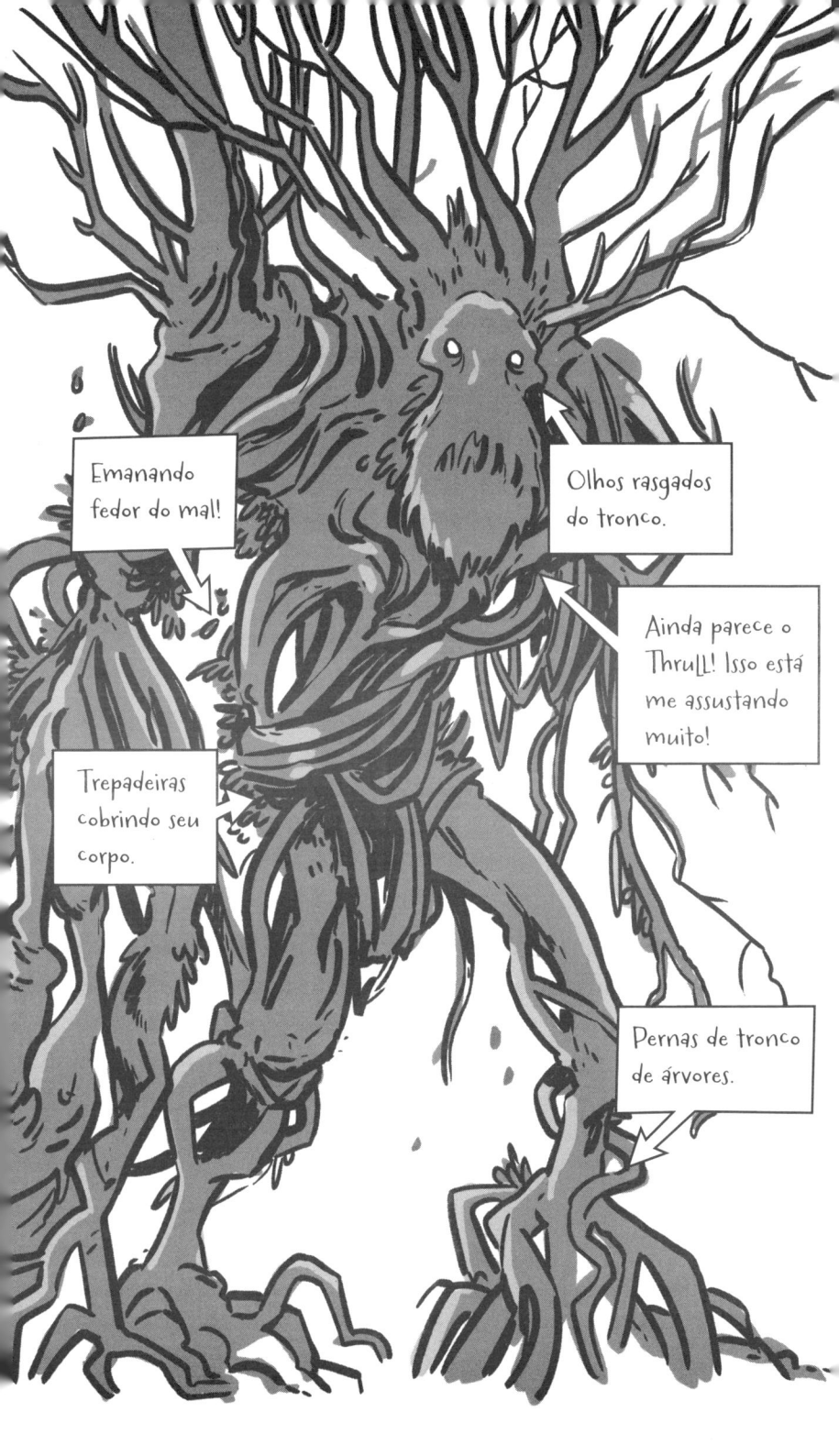

- Emanando fedor do mal!
- Olhos rasgados do tronco.
- Ainda parece o Thrull! Isso está me assustando muito!
- Trepadeiras cobrindo seu corpo.
- Pernas de tronco de árvores.

capítulo trinta

Jack! Sobe aqui!

Quint escala a escada. Bardo pula nas minhas costas como um Yoda enorme, e nós subimos. June e Dirk nos cumprimentam no topo.

— Precisamos afastar o bestiário de Thrull! — exclama June. — Se ele o pegar de volta, pode transformá-lo na chave outra vez!

Bardo dá um passo à frente.

— Ele virá atrás de nós. E é muito poderoso. Nós temos que conseguir resistir.

— Como? — Quint pergunta.

> LEVANDO O DEMÔNIO ATÉ A PIZZA DO JOE. OS MONSTROS DE LÁ LUTARÃO. JUNTOS, O SEU POVO E O MEU, LUTANDO COMO UM, É A NOSSA MELHOR CHANCE DE DERROTÁ-LO.

— E nós temos as Metralhadoras com o Adeus-Daninha! — exclamo. — Combinando tudo isso, talvez possamos cortar essa árvore de uma vez por todas.

— Você tem certeza que seus amigos monstros não são leais a Ṛeżżőcħ? — June pergunta a Bardo. — Ou a Thrull?

— Estou certo — Bardo responde. Thrull encobriu seu fedor. Eu fui um tolo por não perceber, mas ninguém mais emite o cheiro do mal, tenho certeza disso.

Atrás de nós, a terra treme. Thrull continua a se rasgar e a se soltar da terra. Ele estará sobre nós em breve.

Estico a mão para o bestiário.

— ESTÁ BEM. Eu levo ele. Vou com o Rover até a Pizza do Joe e digo aos monstros para se prepararem para a batalha.

Quint agarra o bestiário com força.

— Não. Eu vou.

Atrás de nós, Thrull continua a se soltar. A terra rola e treme.

— Quint, não há tempo! — eu falo. —É muito perigoso. Vocês ficam na casa na árvore; é mais seguro. Eu levo.

— Jack, deixe-me fazer isso! — Quint berra. — Você não pode fazer tudo!

— Sim, eu posso!

Olho para meus amigos. Estou sendo repreendido? Como uma criança! E repreendido por tentar salvá-los?

Não.

Não, estou sendo repreendido por não confiar neles. Por não botar fé neles, da maneira que eles botam fé em mim.

Eu sei isso.

Eu não posso fazer tudo.

Amigos são importantes. Família é importante. Talvez a coisa mais importante, mas mesmo um herói de ação pós-apocalíptico não pode mantê-los seguros o tempo todo.

Olhando nos olhos de Quint, percebo que tenho que deixá-lo fazer isso. Ele deve carregar o bestiário sozinho.

Sinto uma cutucada na lateral do meu corpo. Eu vejo Rover, olhos arregalados, ansioso por ajudar.

— Rover — eu digo. — Leve o Quint para a Pizza do Joe, ok? E o Bardo.

Quint sobe nas costas do Rover. Eu levanto Bardo e ele envolve seus dedos longos e estranhos nos ombros de Quint.

— Jack, atrase o Thrull — Bardo fala. — Dê-nos tempo para chegar à Pizza do Joe e preparar meus amigos.

— Pode deixar. Não tem problema — respondo. — E Quint?

— Sim?

Eu agarro sua mão. Nós apertamos as mãos uma vez, com força.

— Você consegue fazer isso, amigo.

Quint sorri e então Rover pula para a frente. Eles aterrissam e meu cachorro monstro os leva para o meio das árvores. Um instante depois, há um *CRASH* bem alto quando Thrull, a Árvore Monstro, chega para nos desafiar.

> É hora de cortar a árvore...

> Juntos.

> Vamos machucar essa coisa.

Pés monstruosos do tronco e raiz dão passos enormes e devastadores quando Thrull passa por nós. Ele está focado em Rover, Quint e Bardo, além do bestiário.

— Vermonstro, vai, vai, vai! — eu grito. — Siga aquela grande árvore monstro!

As Trepadeiras de Thrull disparam contra nós, balançando e cortando o ar.

— ATACAR COM AS METRALHADORAS! — Dirk grita apertando o frágil gatilho de plástico. O pesticida verde-limão sai dos bicos, e as Trepadeiras param. Começa a sair vapor delas.

Thrull, a Árvore Monstro, levanta um punho de trepadeiras e madeira.

— Se abaixem — eu grito, e o punho balança no ar, tremendamente poderoso, mas lento como uma bola de demolição. O Vermonstro MERGULHA no chão, e o soco maciço de Thrull quase não acerta nada...

SEM-TETO!

Lascas de madeira chovem em nós. Uma peça irregular cai exatamente no meu PlayStation.

— ELE QUEBROU O PLAYSTATION! — eu berro, muito bravo. — ISSO FOI DEMAIS, JÁ CHEGA! MANGUEIRAS!

Correndo de volta para o deque, nós verificamos os canhões. A casa na árvore balança, se move e pula enquanto corremos pela cidade.

Trepadeiras nos atacam enquanto o Vermonstro mantem o mesmo ritmo de Thrull, a Árvore Monstro. Estamos lutando lado a lado, igual às batalhas antigas de piratas.

Eu pego o walkie e rosno:

— Quint, estamos indo em direção à Pizza do Joe, e indo bem rápido!

Um segundo depois, Quint responde no walkie:

— Ainda estamos montados no Rover e indo em frente! Precisamos de mais tempo! Atrase ele!

COMO? Ele não precisa seguir as estradas! Ele apenas PISA ONDE QUISER. E PISA COM PERNAS DE ÁRVORE!

— OS PÉS! — June fala de longe. — Molhem os pés dele!

Inclinamos as Metralhadoras para baixo, regando suas tremendas pernas de tronco com o Adeus-Daninhas. Seus pés, todos de raiz e casca, parecem queimar. Ele diminui a velocidade. O Vermonstro corre à frente e saímos da floresta.

Estamos de volta às ruas de Wakefield, percorrendo avenidas longas e largas, com o Vermonstro batendo nos carros e atravessando casas.

Thrull passa pela loja de quadrinhos da cidade. Páginas flutuam no ar. Figuras de ação *vintage* são esmagadas! Eu quase desmaio de horror! Um Wolverine de papelão é esmagado sob os pés enlameados do Thrull. Isso não foi legal, Thrull...

Pegamos absolutamente todas as armas que temos. Todas as invenções malucas do Quint que usamos para capturar as essências dos monstros que agora preenchem o bestiário. E então usamos tudo...

Mas não é suficiente.
Estamos virando na Rua Principal.
Olho diretamente à nossa frente e vejo o local do nosso embate final: a Pizza do Joe.

capítulo trinta e um

A Pizza do Joe está bem abaixo da gente. Não vejo sinal do Quint. Nem do Rover ou do Bardo. Aperto o botão do walkie e digo:

— Quint, me desculpe, mas já estamos aqui.

Silêncio.

Então, um momento depois, a porta da frente da Pizza do Joe se abre e...

— Atacar!

Caramba! Certo. O Quint é tipo um general em um exército de monstros. Mandou bem!

Bardo sai por último, ofegante. Ele encontra meu olhar e faz um aceno de cabeça. Eu retribuo o gesto.

Um rugido coletivo e ensurdecedor de monstros preenche o ar, e então, de repente, eles estão escalando Thrull, a Árvore Monstro!

— Hora de fazer barulho! — Dirk fala.

Ele pula da casa na árvore, bate no chão e rola. Então levanta instantaneamente já dando socos incríveis. Galhos de tentáculos o atacam, mas Dirk agarra os monstruosos braços de madeira, torcendo-os, socando-os e quebrando-os.

— SE! QUEBREM! — Dirk grita agarrando um galho e o quebrando contra o joelho. O galho se despedaça com um estalo violento.

June e eu continuamos nas metralhadoras. O cheiro forte do Adeus-Daninhas preenche o ar. Os vapores são ofuscantes, mas continuamos a lançar.

Thrull, a Árvore Monstro, solta um rugido ensurdecedor, depois sacode os membros de madeira, lançando monstros voando em espiral no ar.

Thrull pisa duro e anda na direção de June e eu. O Vermonstro desliza para trás.

— VOCÊ. VAI. PAGAR! — Thrull ruge.

— Jack, se abaixa! — June diz se jogando sobre mim, me derrubando no chão em cima da hora. A mão de Thrull agarra as Metralhadoras.

Seus dedos de madeira se fecham e...

ADEUS, MANGUEIRA!

    Meu estômago se retorce. As metralhadoras se foram. Eu esperava que, se os monstros conseguissem manter Thrull ocupado, poderíamos acabar com ele com o Adeus-Daninhas. Só que esse plano se foi. E, pior do que isso...

    O bestiário!

    Vejo Quint segurando o livro, correndo como se estivesse tentando evitar um enxame de abelhas, mas uma horda de Trepadeiras rapidamente o caça.

Elas o agarram, puxando-o no ar.

— SIM! A CHAVE-BESTIÁRIO! — Thrull ruge.

Quando Quint é levantado, ele joga o livro, que cai nas mãos de um monstro magro e com muitos braços. O monstro se balança de um galho de árvore. Thrull o golpeia, mas o monstro de muitos braços joga o bestiário para a próxima fera amiga.

É um jogo de batata quente.

Mas é um jogo que não podemos vencer. Não vai durar. Thrull é muito forte.

— Vou ajudar! June fala, saltando de lado. Ela pousa e grita: — PRA MIM!

O livro cai em seus braços. June, rápida, atlética, empunhando sua lança meio quebrada, detona umas Trepadeiras enquanto corre com o livro.

— Dirk! — eu grito. — Sobe aqui!

Em instantes, ele está vindo pelo lado da casa.

— Quanto desse Adeus-Daninhas nos resta? — eu pergunto às pressas.

Dirk agarra uma Trepadeira.

— Cinco barris — diz ele, enquanto casualmente rasga a Trepadeira ao meio. — Mas sem as Metralhadoras, o que podemos fazer com eles? A gente não consegue carregar. E são muito pesados para serem lançados com a catapulta.

Há um *CRAK* lá fora. O Vermonstro grita e, de repente, somos lançados tropeçando pela porta e para dentro da casa na árvore. Eu caio na mesa de pôquer. Um segundo depois, há um tremendo estrondo quando algo *muito pesado* cai sobre mim. Me sento, esfregando a cabeça.

É a minha armadura militar espacial. Uma ideia começa a se formar...

— Dirk — eu falo. — Me ajude a pôr o traje!

Dirk olha para mim como se eu fosse louco. É justo. Eu provavelmente sou mesmo.

Três minutos depois...

Militar Espacial Jack!

Quer os meus amigos? Vai ter que passar por mim primeiro...

capítulo trinta e dois

— June, aqui em cima! — Dirk grita. — Jogue o bestiário!

Eu observo June tentar manter o livro longe de Thrull. Uma Trepadeira rapidamente aparece e a pega no ar.

Enquanto gira, June consegue arremessar o livro para outro monstro: uma coisa curta de seis pernas. E, finalmente, o livro é lançado para Dirk. Ele o entrega para mim.

— Você tem certeza disso, mano?

— Tenho certeza. Apenas me acorrente àqueles barris de Adeus-Daninhas, ou então, bom, ou então foi um prazer conhecê-lo...

AQUI ESTÁ, THRULL! O SEU BESTIÁRIO! SUA CHAVE! VENHA PEGAR!

O monstro árvore gigante olha para mim. Lascas de madeira voam quando seus olhos se estreitam.

Às pressas, Dirk usa a corrente de Rover e um monte de cadeados de bicicleta velhos para juntar tudo e prendê-los ao meu traje. Verifico os bolsos de plástico: sim, tenho tudo o que preciso.

A mão imensa de Thrull se abre.

— Os barris estão presos? — eu grito.

— Quase! — Dirk responde.

Ouço os cadeados de bicicleta batendo e fechando.

Meus joelhos estão praticamente batendo de medo quando a mão de Thrull abaixa.

— Depressa, Dirk! Ele está quase me pegando!

— Estou me apressando, mano!

Eu engulo em seco.

E então, um instante antes da enorme mão de madeira me agarrar, eu ouço um *CLICK*, Dirk bate no traje e diz:

— ESTÁ PRONTO PRA IR!

Eu quero fechar meus olhos.

Mas não fecho.

Olho para Thrull quando sua mão monstruosa me pega...

Os barris gigantes de pesticida estão pendurados no meu traje militar espacial, balançando e batendo no ar. O corpo de Thrull se curva para trás e a árvore range. A boca se escancara.

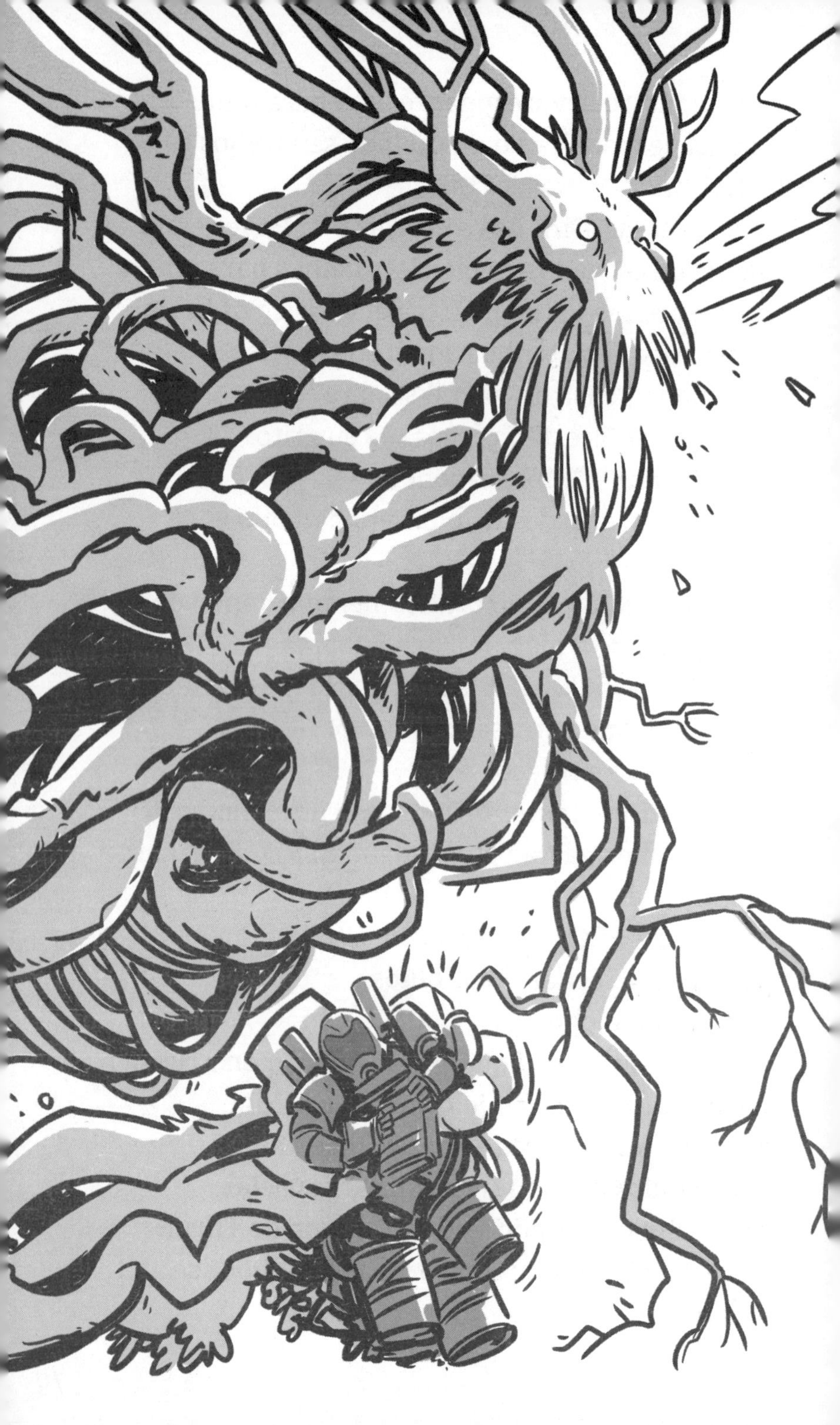

Rezzöch, o Antigo, este Mundo logo será seu!

Quando Thrull me coloca em sua boca, eu consigo arremessar o livro para trás, para longe dele.

Os olhos de madeira de Thrull se arregalam, mas é tarde demais. Eu caio na boca do monstro. Seus gigantes dentes de madeira batem nos barris, esmagando-os. O pesticida explode!

Estou caindo.

Não vejo nada além da escuridão enquanto caio no interior dessa estranha árvore oca. Os barris de metal batem em mim. Eu ouço o matador de ervas daninhas saindo e espirrando por toda parte.

Esticando a mão para meu traje, consigo puxar um único foguete de garrafa da marca TNT triplo explosivo do bolso. Ainda despencando, raspo o pavio contra um barril. Ele faísca, e o foguete acende e ilumina a escuridão do interior da árvore monstruosa e oca.

Com um poderoso lançamento, jogo o foguete na lateral de um barril e me preparo…

Eu finalmente atinjo o chão dentro da árvore. Meus joelhos batem no meu peito, e levo um segundo para recuperar o fôlego antes que consiga ficar de pé. Os barris caem no chão ao meu redor, e o pesticida continua escorrendo.

Thrull, a Árvore Monstro grita! Pedaços de madeira racham e se quebram à minha volta. Aos meus pés, saindo de um barril, a garrafa-foguete ainda está com o pavio aceso.

O pesticida se derrama em volta dos meus pés. Olhando para cima, vejo ele escorrendo pelas paredes da árvore.

> Desculpe, Thrull, mas nesta dimensão temos algo chamado "fogos de artifício". E eles são um estouro!

O pavio de foguete termina de queimar. Fumaça nubla minha visão. Eu viro a cara, fecho meus olhos com força, e...

O foguete EXPLODE, desencadeando uma reação em cadeia. Todos os barris explodem com ele. Espero que este traje seja forte o suficiente para me salvar...

SCHLA-BAM!

EXPLOSÃO DO INIMIGO MAU!

O tronco da árvore se despedaça completamente. Os monstros saltam, correndo e se abaixando por segurança.

Meu corpo é *sacudido*, uma onda de energia explosiva rasga através de mim, me arremessando do interior da árvore. Apenas o traje militar espacial me impede de ser explodido em pedaços.

Thrull uiva e geme. Sua voz, torcida e dolorida, ecoa quando a árvore se derrete em nada. Logo, ela desapareceu completamente, se desintegrando.

No final, apenas Thrull continua ali.

capítulo trinta e três

Agora, tenho um bom conhecimento de como é estar dentro de uma máquina de lavar louça explodindo: molhado, sujo, um pouco divertido, mas um grande alívio quando acaba.

Dirk e June me ajudam a tirar a armadura. Estou encharcado e pingando, provavelmente do pesticida, que é bem tóxico.

— Espero que você não se transforme em algum tipo de Monstro do Pântano — June fala.

— Você ainda seria minha amiga?

— Amiga do Monstro do Pântano? Aah, provavelmente não.

— Isso não se faz! — eu digo com uma risada.

E então eu percebo... não posso dizer coisas rindo! Ainda não.

Temos que lidar com o Thrull.

— Ele sumiu! — Quint exclama.

Onde Thrull estava deitado um momento antes, agora vejo apenas folhas molhadas e cimento rachado.

E o bestiário. O bestiário está sozinho.

Bardo manca em nossa direção, com os outros monstros logo atrás. Alguns foram feridos pelos membros monstruosos da árvore agora morta, mas muitos têm sorrisos no rosto.

— Então... para onde Thrull foi? — June pergunta.

— Ele apenas, tipo, desapareceu como em um truque de mágica.

— Os monstros que servem Ṛeżżőcħ não são derrotados facilmente — Bardo revela.

Eu cerro os dentes.

— Então ele fugiu...

Bardo assente com a cabeça.

— Por enquanto sim, mas ele nunca retornará à nossa pizzaria. Isso eu prometo. E levará muito tempo para plantar e alimentar outra árvore portal. Suspeito de que vocês nunca mais ouvirão O Grito.

Muito lentamente, Quint se abaixa e pega o livro. Eu meio que espero que um raio o atinja, mas nada de louco acontece; ele apenas o segura gentilmente nas mãos e depois bate na capa.

— Bardo — Quint começa a falar. — Por favor, conte-nos tudo o que sabe sobre Ṛeżżőcħ, o Antigo. E sobre seus servos.

De repente, Dirk vem deslizando pelo poste de bombeiro.

— Porque precisamos terminar isso para sempre. — Bardo balança a cabeça. — Vou lhes contar tudo o que sei. Agora, parar Ṛeżžǒcħ de uma vez por todas? Ele sempre será uma ameaça para este mundo. Seus servos são implacáveis.

— Nós também — eu falo. — À noite eu nunca consigo...

— Implacável, Jack — Quint interrompe. — Não é *inquieto*.

Antes que eu possa pensar em uma resposta sutil, o chão a nossos pés começa a tremer. O Vermonstro ruge, depois mergulha sob a superfície do estacionamento do Joe, plantando as raízes da árvore no chão. A terra se divide e o Vermonstro desaparece completamente.

Hum...

Cara? Vermonstro? Nós ainda precisamos de você...

*Pra levar nossa casa pra, hã, **casa**.*

— Então... ele se foi — June fala me encarando. — Assim, de uma vez. E agora nossa casa na árvore está presa ao lado da pizzaria?

— Você está me olhando de forma acusadora? — eu pergunto.

— Sim, estou te olhando de forma acusadora — June responde.

— Por que você está fazendo isso?

— Porque é meio que *tudo culpa sua*! Você é o herói, Jack! E quando as coisas dão errado, o herói é o responsável.

— Correção — eu digo, levantando um dedo. — Somos *todos* heróis, June. Quint liderou um exército de monstros, você se balançou em trepadeiras como Tarzan, e Dirk deu uma de Hulk. Tudo que eu tive que fazer foi cair dentro de uma árvore. Qualquer idiota bobão poderia fazer isso.

> E o maior idiota de todos **fez** isso mesmo!

> É verdade, Jack. Você é um tremendo idiota.

> Certo, todos vocês, relaxem.

> Maior idiota que conheço.

Quint está praticamente tremendo de felicidade.

— Amigos, isso significa que podemos conectar uma tirolesa diretamente no restaurante!

— Isso! — eu continuo. — A tirolesa pode descer passando por uma grande pilha de pãezinhos de alho, e então nós apenas... *puf*, nos soltamos e pousamos neles, como numa piscina de bolinhas. Nós seremos... OS CLIENTES MAIS ASSÍDUOS MASTER!

Eu sorrio com esse pensamento. Meus amigos correm para dentro para comemorar. Eu fico para trás por um momento, apenas ali, parado. Pensando.

Feliz por ter salvado todos.

Ainda mais feliz por termos feito isso em equipe.

Eu ouço um longo gemido murmurante. Zumbis. Eles parecem estar assistindo do fim da rua. Então vejo Alfredo. Ele está "vivo" e a salvo para sempre da árvore que come zumbis. Ele vai ficar bem sozinho agora. Até mais, mordomo.

Pouco antes de entrar, vejo algo no chão. Meu taco de hóquei de nocautear zumbis. E muleta do Thrull.

— Vou pegar isso de volta, Thrull — eu falo para ninguém.

Duas horas depois, ainda estamos comemorando. Quint está em seu décimo primeiro refrigerante grátis.

— Os clientes assíduos recebem refrigerante grátis — ele declara. Quint está tão feliz por ser assíduo que está apenas criando novas regras para a assiduidade.

É bom.

Nós temos amigos.

Mais amigos.

Amigos monstros.

— Jack — Bardo fala. — Este também é o nosso mundo agora, e devemos compartilhá-lo. Repará-lo. E para fazer isso, precisamos encontrar mais humanos e mais monstros.

Eu sorrio. Quer saber...?

Isso parece uma nova missão **heroica** irada!

O FIM!
(Por enquanto...)

Páginas do Bestiário

A íris se abre para permitir a comunicação verbal do monstro (rugidos, gritos, uivos).

Apenas um olho enorme.

Monstro Olho Cabeludo
(Pilosus Acutus Oculus)

INFO (Aproximadamente chutadas por Quint):
Altura: 30 metros
Peso: 1,3 tonelada
Velocidade: 70 Km/h em campo aberto

> Quando irritado, os cabelos se arrepiam e viram espinhos afiados.

COMENTÁRIOS DO QUINT: O Mostro Olho Cabeludo tem a habilidade de atirar seus espinhos em um inimigo com muita força. A distância máxima de lançamento é desconhecida.
HABITATS CONHECIDOS: Velho Cemitério Sul.
ATAQUE PRINCIPAL: Massacre das agulhas.
PONTOS FORTES: A capacidade de rolamento facilita movimentação e perseguição sem obstruções.
TEMPERAMENTO: Sombrio.

Inseto Rei do Vômito
(Rex Putidus Insectus)

INFO (Aproximadamente chutadas por Quint):
Altura: Ajustável
Peso: 341 quilos
Velocidade: Nenhuma ideia. Tomara que seja lento. Se não for, fica ainda mais assustador...

Corpo formado por centenas de milhares de monstros insetos reunidos.

Emite uma série ensurdecedora de ruídos de cliques, estalos e sibilantes, que são o resultado de milhares e milhares de insetos monstros se comunicando ao mesmo tempo.

Solta um fedor doce e avassalador.

Características faciais evidentes.

COMENTÁRIOS DO QUINT: A combinação de muitos insetos diferentes, em uma formação conjunta para criar um "Rei Inseto". As habilidades, poderes, composição e anatomia desse monstro são quase um mistério completo.
HABITATS CONHECIDOS: A casa dos vizinhos da June (Os Gradwohl).
ATAQUE PRINCIPAL: Ser totalmente revoltante, insanamente horripilante e um pesadelo generalizado.
PONTOS FORTES: Pode paralisar os outros de medo.
PONTOS FRACOS: Chutando? Fazer um lança-chamas com um spray de citronela.
TEMPERAMENTO: Desagradável.

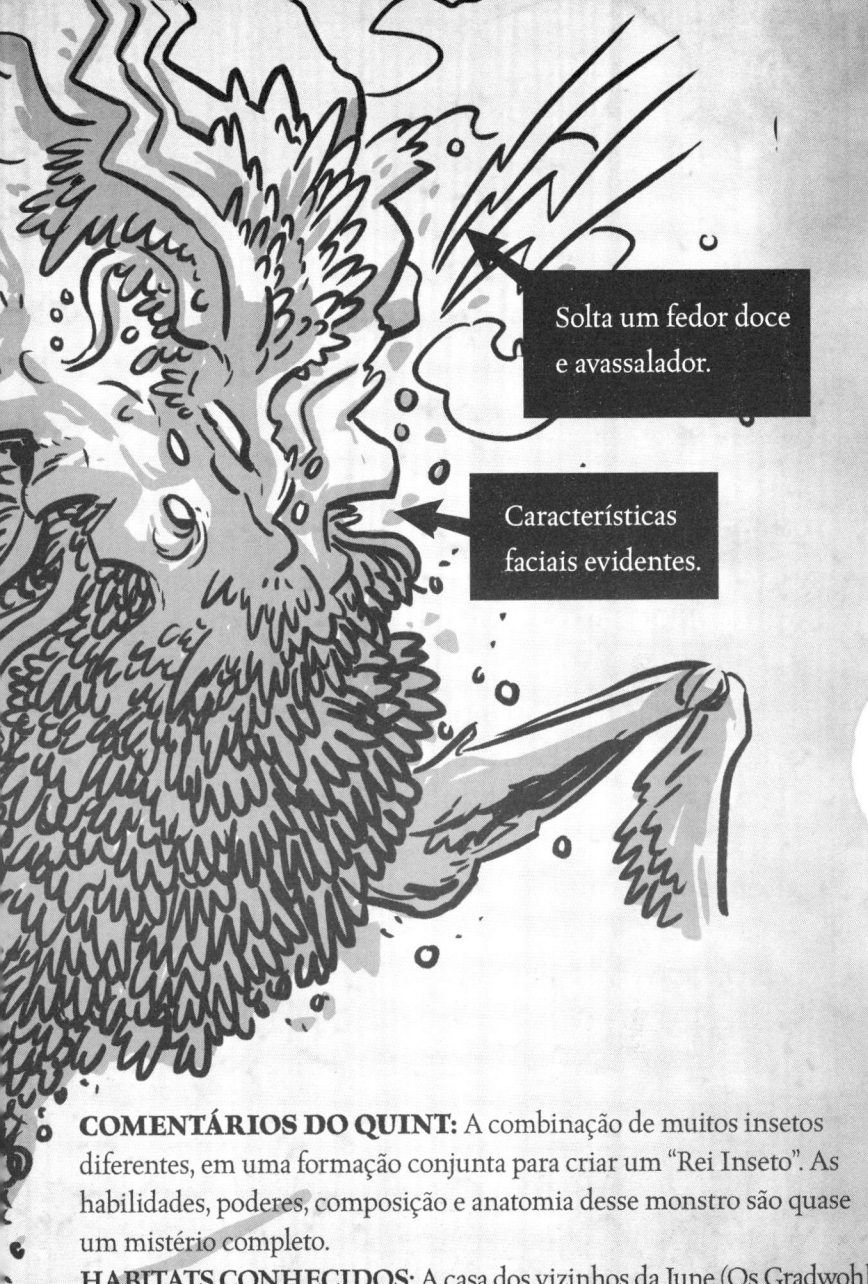

Agradecimentos

Ahh, os agradecimentos.
   Esta é sempre a parte mais difícil! Para um grande livro ilustrado como este funcionar, é necessário que muitas pessoas trabalhem MUITO e façam seu trabalho muito bem. Primeiro, Douglas Holgate, por ilustrar este livro cru, por ir além e além, repetidamente. Minha maravilhosa editora, Leila Sales, que é mais inteligente do que os inteligentes e mais paciente do que qualquer pessoa deveria ser. Se eu fosse metade do escritor que ela é, teria adjetivos melhores do que "inteligente" e "paciente" na ponta dos dedos, mas infelizmente... Jim Hoover, por pegar um manuscrito estranho e saber instintivamente como torná-lo um livro real. E, claro, Ken Wright, obrigado por tudo. Bridget Hartzler e todos os outros no maravilhoso departamento de publicidade e marketing da Viking, obrigado por trabalharem duro e se divertirem com isso!
   Dan Lazar, meu agente, por absolutamente tudo. Torie Doherty-Munro, por suportar minhas

perguntas tolas e pedidos insanos. Kassie Evashevski, da UTA, por se esforçar tanto para tornar isso mais do que apenas um livro.

Meus bons amigos, a quem eu sempre recorro quando estou perdido; os amigos que me fornecem textos de grupo imensamente longos e cheios de ideias: Chris Amaru, Geoff Baker, Mando Calrissian, Matt McArdle, Chewy Ryan, Marty Strandberg e Ben Murphy.

E mais do que todos, obrigado à minha maravilhosa, encantadora e querida esposa Alyse. Obrigado por entender por que tomo nove xícaras de café por dia. Obrigado por entender que eu simplesmente *preciso* fazer caminhadas às três da manhã, porque algum problema na trama me deixou intrigado. Obrigado por me deixar dormir até mais tarde quando estou detonado por causa dos prazos. Obrigado por ser a melhor. Obrigado por me deixar te amar.

Você ainda está lendo isto?

Saia daqui!

Vá matar um monstro.

MAX BRALLIER!

(maxbrallier.com) é o autor de mais de trinta livros e jogos. Ele escreve livros infantis e livros para adultos. Também escreve conteúdo para licenças, incluindo *Hora da Aventura, Apenas um Show, Steven Universe* e *Titio Avô*.

Sob o pseudônimo de Jack Chabert, ele é o criador e autor da série *Eerie Elementary* da Scholastic Books, além de autor da graphic novel best-seller número 1 do *New York Times Poptropica: Book 1: Mystery of the Map*. Nos velhos tempos, ele trabalhava no departamento de marketing da St. Martin's Press. Max vive em Nova York com sua esposa, Alyse, que é boa demais para ele.

Siga Max no Twitter: @MaxBrallier.

O autor construindo sua própria casa na árvore quando criança. Essa belezinha NÃO estava armada até os dentes.

DOUGLAS HOLGATE!

(www.skullduggery.com.au) é um artista e ilustrador freelancer de quadrinhos, baseado em Melbourne, na Austrália, há mais de dez anos. Ele ilustrou livros para editoras como HarperCollins, Penguin Random House, Hachette e Simon & Schuster, incluindo a série Planet Tad, *Cheesie Mack*, *Case File 13* e *Zoo Sleepover*.

    Douglas ilustrou quadrinhos para Image, Dynamite, Abrams e Penguin Random House. Atualmente, está trabalhando na série autopublicada *Maralinga*, que recebeu financiamento da Sociedade Australiana de Autores e do Conselho Vitoriano de Artes, além da graphic novel *Clem Hetherington and the Ironwood Race*, publicada pela Scholastic Graphix, ambas co-criadas com a escritora Jen Breach.

    Siga Douglas no twitter: @douglasbot.

ASSINE NOSSA NEWSLETTER E RECEBA INFORMAÇÕES DE TODOS OS LANÇAMENTOS

www.faroeditorial.com.br

FARO EDITORIAL

ESTA OBRA FOI IMPRESSA EM
JUNHO DE 2024